ock & Roll

町田康詩集

ハルキ文庫

角川春樹事務所

町田康詩集

目次

7

8

9

口絵写真　平山利男
本文写真　奈良昌人

転車を除く
ネンジュービンボ

1

不義は頭脳を

完璧な肉を利用して　不義が頭脳を彫刻する
俺は愚鈍民だから
何だか腐っていくような気がするよ
両眼にボールペンを突きたてて公園で死んでいる
売春婦を抱えて　安置すべきホテルを探して歩く
災いの船の中では残飯を頒ちあうようにしよう
不義は頭脳を彫刻するからな

プラチナの釈尊

大洪水の日に
道で所在無げに
俺は不機嫌だと主張しているのは
プラチナの釈迦ムニ
「ディスコティックはまだ大分先やで
まあ　機嫌直せや」
「…………。」

倖いである

わられわれた人　呪われた人　むち打たれた人
不仕合わせな人　拷問された人　縛られた人
狂わされた人　踊っている人　不仕合わせな人
無力な人　号令された人　殴られた人
命令された人　並ばされた人　虐殺された人
犯された人　その他の全ての人
　自転車を積みあげて　駅に放火せよ
倖いである　ラッキイである
何も信じるな
倖いである　ラッキイである
何も考えるな

四国西国

飯で汚れた臭い指で俺に触るな
三人ずつ串刺しになったおまえの顔は
もう見飽いたよ
爆発することのわかりきっている火山の頂上で
宴会を開催するのも飽きた
俺は余裕があるのだからね
愛をつかいきって　葬式の日に
誰も彼もをゆるしまくれ
世界中のあほを集めて
おちょくりあいをさらせ
ろくすっぽ難渋
家の外では怒号のチャネリング

ろくすっぽ難渋
ああ腹減る

どれい鍋でも

空も海も笑いくたびれて　明日が残った
女を風呂屋にたたき売って今　鼻が動いている
どれい鍋で一杯飲むのだ
俺はこれから　とりあえず

そらそうだろう、
夕方六時から飲んでいるのだもの
726

愛染かつら

人形　汚い　笑う　小田急線に飛び込む
そして抱えているものを　落とす
つらいことはただ一つである
僕は自分をバットで殴り殺す
奇妙なものはカーテンを通さない
ギラギラとラーメンのだしに映る
俺ってつくづくゴージャス？
現金と引き換えにスパークするのさ
イェイ　イェイ　イェイ　オウオウ　ああ

先生の印象

先生　俺はあなたの声にやられましたよ
先生　俺は呑みすぎて毎晩銀のにわとりを食いながら立ちなおったんですよ
先生　俺はあなたと居ると心臓がどきどきしてとんでもない事を考えてしまうんですよ
先生　できませんよ
先生　俺は先生のために一生何もできませんよ
　　　愛してますよ先生
　　　先生といると俺はもうサルタンですよ
先生　金を貸したいですよ
　　　それでもう一生会いたくありませんよ

コマーシャル

府中警察でダンスのスペースを作る
口腔の腐敗とたたかい馬鹿と心中する
皿の中の死　その隣人であるタバスコソース
少しく憾みは　今でも愛しているんです
何故ならば
「花束で母を殴り」
「盲人をだまして金を奪い」
「飲み屋で女を殴り」
「ドサ廻りで稼いだ金でダイヤモンドを買い」
「ディスコティックに放火し」
障害者用トイレットで最後に救助されたいんだ

飯をもらう

棚田で笑っては穴が見えている
バイ人と平家再興を誓い
白馬のタンゴを悪事の八月の終わりに
紙くずを人々に配布するために
むし暑いサン・チェーンでこわい問題か
飯をもろてやるもんか

スラムに雑草

はいそうです　あれ以来俺は
「ばくち打っても負けづめや
出ては取られる茗荷の子ォや」
「盆にこぼれたさいの目が
愛と平和の鉄火場で
my girls をだめにする」
轟音の中で車軸が回転している
私はそこに或はそこまで行く意志がある
「スラム街に雑草
私はこのように享楽的」
「死にたくない」

せむしとビール

結着のつく　日々を夢想して
汚い酒場で女を眺めている
響きあう魂というものが存在せぬ
脱出する場所それそのそれそれ自体を英語でジャンプ
カンビールを俺にせむしが持ってくる
せむしがやぞ

2

撰別される

寒さとあるおまえの内側で
俺は終日屑を撰り分けている
遠い道を眺めて腐っていく
ホコリの中を頭を振り立てて
最終に愛したのは
脱けがらのように便所の前に座り込んでいるおまえである

結婚式

隣人共の見守るなか花嫁を撃ち殺す瞬間
ものすごい騒音がして同時に
魚を調理するにおいが漂い
ねむそうな新聞記事と
窓の開閉困難を気にする人々の狭間で
気まずそうな顔、雰囲気の中で
私もまた死んでいた
（生者必滅　会者定離）

会話

俺たちはむさぼろうとして醜いぜ
阿呆に殴られて天然自然の理を識る
虫を怕れず世間を呪え
目の前のハードルを乗り越えるために
極道は性を超え
安易な方法やんけ
「悪意なし」～「同じでしょ」
「だからこれでええんですよ」
「何が?」
「いや文豪を殺したやろ、ああええ工合に酔いが回ってきよった」
「なあーんだ、そういうことか」
「そう、それだけ　あかん?」

いつものやりくち

青いバレンタインが天上で
私を改名する
柄巻きのいと青う1972春
三味の音　響き渡り、
高瀬川沿いに粋なパンクス
うちさんざめいて笑いころげて
雪仏の如し
たるは伊達参り　糞狂
簀巻きにされて大阪湾ですよ

雨の笑顔

狂ってバイバイ　ありうべき事か？
犬の手拍子
陰の恨みがニラミつけている
牢獄で殺した奴等が
おまえの笑顔をの
のぞき窓のカラクリを
こすりつける愛の海辺で
射精して果てる
ああ　雨か

鈍人 days

「強弱はどうですか？　金か？　くそう」

「淡々と死ぬる　ああ」

「踏みにじられていないしね」

「崩壊　恐慌　荒ぶる神」

「松のクイ　通勤　遊び呆ける」

「時間の流れ　死んでいく　革命家の愛」

「イワンの馬鹿　私は王で無い」

「逃亡&共有　メイドの秘部」

「物質からの脱却」「状態、死死死」

「発狂　名誉」「ああ　つまらない」

「ビールが飲みたい　ビールを飲んでくるよ　喉がかわいた」

「働く働く」「老人か　廃人か」

「快楽の追求　美の洪水」
「もう駄目ね　ほろほろちょうの燻製よ」

リサイクル運動

「あらゆる再生をお引き受けします」
嫌なのは貧乏だけでした
少しお金くれませんか？
「あらゆる再生をお引き受けします」
ああ酒が飲みたい
生きていれば
生きていられぬのはわかっていますがね
おまえらは皆気違いだ　くさいから寄るな馬鹿
「あらゆる再生をお引き受けします」
Ⓐはさっきか Ⓐ'は現在に NO と叫ぶ
死んで花みが咲くのです
おまえは下司野郎なんですよ

特定の場所以外で人と会わぬ事ですね
「あらゆる再生をお引き受けします」
「掛値はありません」
黄金の門をくぐり
簡単に云うけど俺かって楽ですよ

おなじみの新巻鮭

とどのつまりはそう云うことさ
おなじみの新巻鮭
やっても　やっても　同じところで狂う
世界が俺のものになる

HIGHWAY 61

霧の日々

おしゃれをして四十九日間
笑い呆けて飯が腐る
生き地獄で四十九日間
愛を語って飯が腐る
留守番電話のテープの声が
霧の中に響きわたる
フォギイ・デイズ

消毒

囁くおまえは
熱帯魚を煮沸して空中へ抛る
それが苦しいの？
それが楽しいの？
道化師を平然と殺害して
ハマグリがはっていくように歩く
エアーを肺一杯に吸い込んで
誰が楽しいの？　誰が苦しいの？

一品料理

土の香ぐわし　あほの人生
四弦　カーペットのしみ抜き
とうふ　灯油　猫の餌
人は酒　酒は人
「すいません　定食のメニューどこに在ります?」
あほんだら　牛丼屋でメニューを見なわからん奴は
ババでも食うてろ
つまり無は存在のちんぽ
わがをもっと疑えあほ
原因もなし結果もなし
目くらと目くらのとぼおそばのくわんかね?

3

湯

支那料理を食うこともなく
ハチ公　おまえは
いつもそのような顔で
大惨事を眺め続けるか？
ハチ公
これから百年のあいだ
夏の夜に床屋座らず

不具の心

俺はいつでも不具の心で
楽しい事を考える
俺はいつでも不具の心で
自由を二つに分離する
俺はいつでも不具の心で
腐った弁当を抱え椅子の上で
ぐったりする
俺はいつでも不具の心で
カステラを切断している
何もかもを愛するとき
どんな局面でも
次の一手を覚えているのだ

不具の心で

うどん妻

自由になるために
俺は今一歩　促成栽培で
チェックアウト寸前　いつもやからね
食封　各各差有り
今日の空はすべてを嘘にする
今日だけはの
そやから　線香の匂いと鐘の音で
もう無茶苦茶にジャンプすんねん
おまえはとても美しいけどおまえの靴についた
泥を好きになっただけや
目覚めた豚たちは月にほえるよ
なぜ俺たちは醜いのか？

電車にはあらゆる人が乗っている
妻がうどんを運んでいる

働き続けよ

肉食をせず　妻帯を停止する
きめてもきめてもすぐに終了する
このうえは　愚かなポイントで
不吉の影に重なりつくす
「俺は誰も殺さず」
「人間の身長を計測する」
働き続けよ　振り返るな
ノート代　鉛筆代に事欠いて
おまえ　何を怕れるか？
雨よ痛くな降りそ
08－1　08－1　08－1
08－1　08－1　08－1

04―1　04―1　04―1

（11）

04―1　04―1　10―1

人非人のコーラス

夜の一時はアイスクリームの季節
くるくるぱあがツンドラ地帯で吹く風と
黒い空を見上げてロゼッタ洗顔パスタを
赤羽で降らすだ雪　クロス　10
回転数をもっと上げて
快適なすだこパンツ＆遠くにうすあかり
回転数を上げて遠くにうすあかり
響く　人非人のコーラス

もく
一回10円
馬に中学生以上は乗らないで下さい
アーメン
また風が吹いて
一人のりです

昼の音楽

（a）黄金の Week に邪智の限りを尽しつつ
娘としめしあわして　胃腸にゴミを貯える
キュートなおまえ方に祝儀きりまくり
お茶の間で動けぬ

（b）一さじの毒で密殺されたボーイズは
コンクリートの水槽に死に花として
投げいれられる事これあり

（c）白銀の警棒が　天脳に振りおろされる土佐の坊に
流れている昼の音楽
昼の音楽　昼の音楽

納税通知

笑顔のすき間から
聞こえる　うどんをこねる音
震える老人のにごった眼と
ニヤニヤ笑い
おまえの煙草に火をつけてやろう
「あなた方は何をたずねられてもけっして口をきいてはなりません月の夜に渋谷であなたがたの頭脳から何がとり払われますか」
体の恋を忘れないでの
どのように悪逆をつくしてもの

人非人から銭ぬすむ

~さて　この蟲どもが永遠のいのちにはいるのだが~
助産婦とこのタイムを保つ
俺は人に非ず
魂を守れ　俺は人に非ず
栄光をつかめ　俺は人に非ず
永遠のいのちを獲得せよ
俺は人に非ず

俺は人に非ず　　俺の衣服は
俺は人に非ず　　俺の刑死後には
俺は人に非ず　　俺の五体はガスバーナーで
俺は人に非ず　　　焼かれるのだが

競売にふされるやろね

俺は人に非ず
またも慈悲無し

俺は祈った

フィストファックを試みて
御名があがめられる
小児のからだを舐めまわし
御名があがめられる
妹が包丁で切腹して
御名があがめられる

この時点で俺は真剣に祈った
つむぐものは何？　はぐくむものは？
ピーという発信音の後で俺は祈った
つむぐものは何？　はぐくむものは？

4

家中みんな馬鹿なのか？

陽気に行こうと考える
陰気に呑んでるおまえとの
浮気に行こうと考える
堅気にスーツを着こんでの
今日びの平和を寿きて
陽気に行こうと考える
鬼の暴るるMtで
家中そろって莫迦なのか？
家族そろって甚平ルック　一家
家中みんな莫迦なのか？　共倒れ！
わざとラーメンに煮えにくい小豆を混入したりしてそのMtで

緑青・肉汁

暗い穴から美しい花につかみかかれ
緑青　今さかりなり
おまえ　眼球を
圧しつぶせ
肉汁　今さかりなり

五寸の鯖

場末で拳を振りあぐる
払え金を　三分間写真を撮っている
悔い改めて　払え金を
ファッションマッサーの個室では
歯をくいしばり
五寸の鯖に残る平和力
それらをみな高くかかげよ
汚い屋上で！

あと二合

快楽のプレス音
交差する生活音
誰が怕ろしいの？

雨だれのように神の名に於いて
あと二合だけ与えたまえ
神の名に於いて
あと二合　清めたまえ

あわてふためいた

死んだ猿を抱いて
角々辻々をぶつかり歩く
大企業の看板の間　すり抜けて
ぶつかり歩く
電卓とうどんを両手にかかげて
ぶつかり歩く
紙きれが舞い
この夕方に私は終了する
表情を固定してぶつかり歩く

お買物は
加盟店へ
さくらや
Rue Orion
オリオン通り商店街
俺は臭い森を走る
BOUTIQUE
原宿

陽気な奴

「滅多とこない要らんやろけど」ちゅて
嬶が千円呉れた
それでも百円足らぬとき
郵便局の窓口で
俺は陽気にふるまう

もう何も言うな

二重坊主を引く間
豚肉の期限切れ　ねくたれ髪をひきちぎる
「もう俺に何も云うな
陰気な座敷で心がうずくにゃ
レトルトパウチの心がの」
もう俺に何も云うな
力がみなぎって、無意味なふるまいも
「町の青さに対応してんにゃ」
「カス　ねぶって　暮らせ　アンダラ」
「暮らせアンダラ」
「アンダラ」
「ダラ」

「ラ」

どろだらけ

ガス水道が止められて　のどける
たらいで鯉魚を洗いながらも
腹からゴミが透けている
泥だらけの怠けもの
肉の正八面体
佛眼をえぐりとる
肉の正八面体
肉の正八面体

発熱

おまえにはかびが生えている
おまえは異臭を放っている
白い肌は　毛ェむしられて
そこに黒こしょうがマイン
首無し

カラオケボックス

国道沿い　中古車屋　ガソリンスタンド
立ち喰いうどん　包装資材屋　ビニールの
万国旗　ホコリまみれの街路樹
電話ボックス　割れたガラス　暴走族のスプレイペイント
ひっきり無しに行きこう車の騒音が静けさを逆に感じさせる
歩行者が居ない　歩道橋の下に放置された原付の山
雑草の生えたガラージの奥のプレハブのカラオケボクシーズ
爆発する個人　怨念ポップ

雪の哄笑

こんなに雪　降る晩は
若い母親が明治神宮前を
空の乳母車を押しつ歩く
こんなに雪　降る晩は
おでんと熱燗　妻の笑顔が
「ハイ」と好い返事「正気かい?」
こんなに雪　降る晩
空の乳母車を押しつ歩く若い母親
黄色いバスから一斉にみおろす　出稼ぎフィリピーナ
黒眼鏡に若い私二人
寒い&暗い　くわっはっはっ

面桶問答歌

牛　それも生きてる牛
その眼球をくり抜いて
その後、空いた穴にアマルガムを充塡する
そんな仕事があれば　俺だって働く
そんなことを言っていて虚しくないのか
今日だってそうじゃないか
職探し　などと称して家を出た
朝から弁当を持って
そして　わざわざパンを買っている
弁当があるのに　なぜパンを買うんだ
君　それ食わないの　本当に
じゃあ　僕に呉れないか

ふぅん　呉れないの
ふぅん　後で用途があるの
ふぅん
ふぅん

5

蒸しかぼちゃ

庭に出た小生
疲労こんぱいして
やうやうかぼちゃを持ちあぐる
人の顔面に嵐が吹いている
やうやうかぼちゃを持ちあぐる
洟が垂れている
風が吹いている

ロシア風野菜煮

じゃがいもを食らい
焼酎を飲む
小生にはかって
部下が五千人おったのだ
そしてもっぱらかけた号令は
「退却　退却　退却」
「退却　退却　退却」
ロシア人は石油を飲む
小生は焼酎を飲むのさ
ロシア風の野菜煮
小生は焼酎を飲む
「退却　退却　退却」

「退却　退却　退却」
「退却　退却　退却」
「退却　退却　退却」

はっきりいって俺は
常務取締役になるのに
けっこう苦労したよ
らーめん

鮭とけんちん汁

妻が熟睡している午前
小生　土間にはいつくばって
火をおこしている
米を研ぎ
汁を作り
鮭を焼くのだ
ラジオから陽気なムジカ
妻は熟睡している
光が縞に差し込んでいる
飯を食ったら本を読もう

ポテトサラダ

泥酔した小生
十手を持って踊る
ドラムを叩き
ポテトをマッシュする
泥酔した小生
十手を持って踊る
ドラムを叩き
ポテトをマッシュする
泥の如く酔った小生
猫を殴り
猫を追いかけ
ポテトをマッシュ（する）

泥の如く酔った小生
猫を殴り
猫を追いかけ
ポテトをマッシュ（する）

じゃが芋と人参の素揚げ肉みそがけ

銃剣術も習はずに
小生芋を食いながら
「写真に音が映ればなあ」
と考える
みその値段を妻に問いただし
あまりの安さに驚がくしている
阿呆面をして芋を食っている
銃剣術も習はずに
阿呆面の小生

ゆば饅頭くずあんかけ

ゆば職人遠江守に任ぜられ
尾張でまごまごしている
ざるそばを注文しても
なかなか持ってこないのだ
ファミリアな雰囲気の
地下レストラン街で
ゆば職人まごまごしている
外は雨である
寒いね

豚汁と山海煮

旬はずれのふぐをぶら提げ
小生　木橋を渡る
「あたったらどないすんねんな」
かまうことあるかい
あたったらあたったときのこっちゃ
木橋にさしかかる道はたいへんな坂道だ
ピープルふうふういってるぜ
木橋の真ん中あたりで小生
ふうふういう人々を眺めている
小生　ふぐをぶら提げている

片腹痛いわ

仏壇のご飯を偸んだためであろうか
俺の片腹に天狗やら
改革やらタレントやらが蟠っている
怪鳥がくるくる舞う
安盆栽安竹輪安月給が散乱している
屑豆腐屑債権屑人情も散乱している
かすれ声のウエイトレスが滅茶苦茶な新内
瓦が砕ける季節になりました
猫が眼前で跳躍
痛ぇ、片腹

6

無職業の夕

夏の夕、そら豆で焼酎を飲んでいる
すがすがしい気分だ
僕は健康そのもの
実にすがすがしい気分だ
僕は健康、僕は無職、朝からなにもせんのだもの
むこうで物音がしているだろう
あれは妻がなにかつまみものを拵えているのです
だいたい僕はふだんからちょっとした酒肴にうるさいのだよ
平常から厳しくいってあるのだからね
気のきいた小鉢物かなんか二つ三つ運んで来よるだろう。しかも迅速に
待たされるのはかなわぬ
夏の夕、朝からなにもせんのだから

「天井、ゆうてるやろ」

指がね、蛙みたいになってしもてんねん。困ってんねん。

山と積まれた雑貨類。その隙間で角刈りの男、困っている。ふと、不自然に首をねじ曲げて立ち上がる。面妖なスタイル。鼻がいまにもにゅると伸びそうだ。ところで尼鯛って嫌。とくにあの眼が。腐りきった新郎新婦のようだ。災いです。

あんな、僕な、ものごっつうエレガントなんやんかぁ。

ピープル、法にのっとって急いで通り過ぎる町に紅白の幕を吊って、紅いフェルトを敷く。号令とともに埋められた犬の首が揺れ、一斉に吠える。

天井の上と怒鳴り、腰掛けて表を眺めていると、池のほとりで職人体の男が家族連れに何か言っている。「馬鹿野郎、小汚ねえ餓鬼なんぞ連れて池のほとりをうろうろするんじゃねぇや。屯田兵に手籠にされて産んだんだろうドタフク。とっとと失せやがれ。まごまごしてやがるとひっぱたくぞ、こん畜生」「可哀相に。麩を買う金がないのだね。おまえも鯉に麩をやりたかろう。さあこの金を取りなさい。そして思う存分、気の済むまで麩をやるのです」「よろしいんですかい」「さあ行きなさい。行って、麩を買うのです」「あっしゃあ人間と産まれてこんな嬉しかったこたぁござんせん。旦那のこたぁ生涯ぇ忘れねぇ」

風が松の枝を少しだけ動かし、水面の影が揺らぎ、偽絵師がそれを見ている。遠くに職人体の男がとり憑かれたように麩を撒き散らしている。ところで、やはり間違えやがった。天丼と言っておるだろう。うどんを持ってきてどうするのだ。しかもこのうどん、コールタールのなかに回虫が泳いでいるが如し。腐った雨水の溜まったバケツのなかにモップの漬けてあるが如し。

グライダー

洞穴を通り抜け浜を駆くる

「今年の正月は借着でいこ、借着で」
空の財布を眺めて悲しげな妻に
ことさら陽気に話しかける

いくら安易な仕事だとはいえ
簡単に済ましてしまっては駄目だ
何テイクでもがんばるのだ

グライダーが空を引き裂く
「私は長葱が好きなのだからね」

新しく来た女中に説明する

大量の布団を荷台に積み込むのは困難なこと
それも梱包していないやつだ
荷台に乗って無理に押し込んだ布団を支え
私は相棒に目で合図をして
「やっ」などと言いながら飛び降りた
やつが素早く扉を閉めると思ったからだ
やつは何もせずただ立っていた
そして布団がバラバラ地面にこぼれ落ちて
やつはアホを見る目で私を見て言った
「何やっとんだ、おまえ」

休まずにごんせや　まがごとを払え
休まずにごんせや　つみけがれを払え
土間で猿を抱き締めて
茶漬けを与えても食わぬのだ

休まずにごんせや　休まずにごんせや

人非人のコーラス

銀次ぬかるんじゃねえぜ。と白刃の中に飛びこむこともなく。たいていは神妙にしているものです。

二階建ちの小学校校舎で我々は困惑している。食料品が不足し、ビタミンCの欠乏から歯茎がぐずぐずになって、うまくものが言えぬのだ。校庭でお爺さんがぼんやりしている。こういう時節なのだから親切にしてやろう。「火、点けましょか」「わっしゃぁもうええのんじゃあ」「だってあなたはさっきから煙草をくわえているではありませんか。こんなときですからね、マッチも貴重ですよ。火を点けましょう。さあ、どうぞ」「わっしゃぁもうええのんじゃあ」埒があかぬ。さんさんと陽が照っている。ああ、すかたん、すかたん。よう見たら煙草なんかいっこもくわえてへんやん。ああ、すかたん、すかたん。

給付されるわずかな食料が平行して建つ北舎と南舎で余程、差のあることが今日分かった。たまたま北舎を通りがかったところ、量の不足はともかくとしても南舎に比べるとはるかに豊かで鶏卵などもある。こっちは校庭の草を摘んだり蛇を捕ったりしていたのに、これではやれんよ。本来であれば委員が北にも南にも公平に分配するべきところを、これではやれんよ。もうこんなところにはおれんよ。身のまわりの物をまとめて出発を決意する。しかしこれというあてもない。時局柄、ここを出れば十中八九生きてはおれんだろう。だからといってこのように腐敗堕落した奴輩と暮らせるものか「おっ俺も連れて行ってくれへんかなあ」ひどく吃って校庭の裏を抜けようとした私に話しかける者がある。二三度見かけたことがある車椅子の若い男だ。口をきいたことはないが、焚き火にあたって座談などをしている際、しょんぼりと皆の話が聞こえる距離に居ながらも、けっして話の輪には入ってこないで、そのくせ立ち去りもせで、不自由な足に手を置いて、車椅子ゆえ他の者より一段高い顔をなるべく低い位置にしようともぞもぞしていた様が滑稽であったあの男だ。こっちは別段、真面目な話をしているわけでもないのに緊張して真剣に聞き入っているさまは、妙にこちらの気分にひっかかっていたのだ。

ああ、すかたん、すかたん。校門を出て幹線道路までの道は急勾配である。ただでさえ苦しい時局柄、このような不具者を連れてくるのではなかった。私は車椅子を汗だくになって押しているというのに、この餓鬼、寝てけつかる。ああ、すかたん、すかたん。こいつ、このまますこころ安らかに寝てけつかんねやろか。とんでもないものを抱え込んでしまった。ああ、すかたん、すかたん。

人非人たちが路傍で合唱している。急勾配の路面にさんさんと陽が照っている。
響く人非人のコーラス。

禁煙
色悪って感じで
ジゴロって感じで
はきものはぬいで
下駄箱に入れて下さい。

おぼろ昆布

覚醒剤もすっかり抜けて土手をよろぼい歩く。このような歩きは食後によし食前によし、僕には友達のようなものだ。先程から月がぼんやりとしている。それにしても歩き続けるうち少しく腹が減った。「この袂になんぞ」と探ってみるとおぼろ昆布の入ったビニール袋が出た。僕は全体おぼろ昆布が嫌いで、妻がとろろ昆布と見誤って買ってきたおりなど、癇を立てて、自分で丹精した植木をみな引き抜いてしまったくらいなのにこんなもの何時、買ったのだろう。しかしまあ、そんなことはどうでもよろしかろう。「えい」と捨ててしもたった。

しばらく行くと滝がある。貧相な滝だ。滝壺のほとりに朽ちた木のベンチと灰皿があり、弁当殻やスポーツ新聞などのゴミが散乱している。傍らの木札に由来書きがある。「頼朝公の命を受け、旭将軍木曽義仲追討に赴く義経主従が難儀に遭い云々」などとあるが、嘘だろう。このあたりの土民の伝承にきまっている。地理的に考えても、こんなところを義経軍が通るわけがない。しかしまあ、それもどうでもよろしかろう。

遊蕩に明け暮れているうち金算段につまり、最初は憂鬱であったが、いま僕は虚脱している。辞書を引いてみると虚脱とは、からだが弱って気力が尽き意識不明になることと或は、がっかりしてただぼんやりしているだけで何も手につかない状態になることとあるが、まさにその通りだ。しかし、こうなってしまうと、憂鬱であったころは何をくよくよしていたのだろう、とも思う。実際、暗い気分になったときは、その暗みの実態がよくわかっていない場合が多い。いったん虚脱してしまえば、それはなんでもないことだ。まあ、そうは言うものの僕の妻などは無学なので、そのあたりの要諦を口が酸っぱくなるまで説いても分からないで、顔色が青褪めてきてそのうち妙に時代がかっておかしなことを口走りだし、水垢離をとったり、お百度を踏んだり、訳の分からぬことをやり始めた。あれって怖いね。馬鹿が思いつめると何をしでかすかわからんよ。

屋財家財に妻を付けて売り払ったところで、借財の整理はつかぬのだから、手間ひまをかけるだけ馬鹿馬鹿しいというのに、あのような非合理なことをしていて一体、何のつもりなのか。風邪でも引かれた日にはこっちはたまったものではない。そのうえ貞女きどりで、僕が友人知人の間を駆けずりまわって無理算段でやっと小銭を掻き集め買った酒をちびちびやっているときに涙を浮かべくどくどと「妾の身を吉町か柳橋に沈めて…」などとやるのだからたまったものではない。いっそ離縁してしまおうかとも思うが、このように気が違ってしまった原因は僕にあるのだから、そうするわけにもいかぬ。土手には雑草が生い茂っている。ところがどういう訳か、三坪ばかり草の無いところがあり、月の光りに白々と照らされている。泣かしよんね。以前、妻があまりうるさいので殺してしまい、死骸の処置に困って埋めたところだ。あそこに行って、さっき捨てたおぼろ昆布を食ってみるか。そして奥歯にはさまったおぼろ昆布に苛立って取り除こうとしてはたせず、「ああっ」などと唸ってみるか。それともこのままよろよろ歩いてみるか。道が右に折れて登り坂になっている。まあ、どうでもよろしかろう。風が吹いている。

危険物
前橋南ロータリークラブ
いま酒が暗い

すぶやん

　ちょうどそこへ通りかかった若者にすぶやんは言われた。

「兄さん、ちょっと待ってもらいまひょ」

若者は答えた。

「なんや、わいになんか用あるんかぇ」

すぶやんは初め、丁寧に言葉をかけられた。

「へぇ他でもございまへん。今後はこの神殿の仕切り盆には出入りせんよう願いとおまんねんけど」

若者はたいそう怒り、大声で言った。

「なんやて、この俺を誰やと思てけつかんねん。パリサイ一家の赤熊の寅や、ふざけやがって、ただで済むと思てけつかんのんかぃ」

そこではじめてすぶやんは権威をもって言われた。

「隣人を愛し、敵を憎めといわれていたことはあなたがたの聞いているところです。しかしわたしはあなたがたに言う。敵を愛し迫害する者のために祈りなさい。あなたがたの天の父が完全であるように、完全でありなさい。いかさまやられたそのうえにとぼけられては腹ふりすぶやんの顔が立たないからです」

若者はいきなり匕首を引き抜いてすぶやんに襲いかかった。すぶやんは死に、若者はその死骸に唾を吐きかけて立ち去った。

またすぶやんはこのように述べられた。

「またか、あれや、エッセエとか暗くぶつぶつ書いてるような奴は××を知らず、レコードのなかで台詞を暗くぶつぶつ言っているような奴もやっぱり知らんねんて」

「大岡越前はちゃんと仕事として受けたんか」

「全員、牛の面をかぶって崖の上からいっせいに将棋の駒を投げると煙草を止められる。それからなんて。その心理学の先生は…」

「それであれか、人質にとられてんのはおまえの弟か。誰にて、だからビートたけしにやんか」

「いや、俺はなにも要らん。他の奴が要るやろ」

「いやいや今日のはなしよ。そんなツナなんてあるのか」

「俺の思考回路は完全に操られてるよ」

「俺は一日を午前、午後、深夜と分けていて、その三つの区別がもうつかない」

「ロッジも無いのに俺はそのロッジの座を占めて、ロッジに座っておまえたちを困惑させていたんだな。すまんすまん」

浮浪人にマルティーニ

具付きサングラスというのはどうだろう。いや駄目だ。夏など腐敗して臭くてたまらぬだろう。その用途すら明確でないのだ。愚かなことだ。

このように歩き続ける訳は…。このように歩き続ける訳はとんと分からぬ。とにかく懐には一文の銭も無いのだから、歩くか止まるかより他、やることがない。やれることがない。

友達のところに行ってみようかと思う。人間の輪の中でもう一度ダンスを試みようかと思う。愚劣なダンス、愚劣な輪。

ドライなマルティーニを飲ませてもらおう。そしてリングィーニを食わせてもらおう。五千円ほど貸してもらおう。

あすこの家ではいつも、猫が熱風を浴みている。

砂漠

「鯛の浜焼きゃ、食てみい、うまいで」ほざいてみても詮ないこと、空腹はおさまらぬ。実際、鯛などありはせんのだもの。つらいことであるよなあ。

日頃の悪業のむくいか。私はいま、架空の砂漠に密封されてしまっている。諸相がいかに美しくとも、独りうろつく惨めさに変わりなし。

人工的なこの空間にふと水のイメージが広がってくる瞬間がある。ここでいつもうっとりしてしまうのじゃよなあ。実際には一滴の水もないのによお。

それから全体が水で一杯になったかと思うと、世界は回転しながらある一点に吸い込まれていき、その一点の向う側で一瞬にして、ぎゅうと凝縮され粉々に砕け散って、後、粉塵が舞っているのじゃよ。私はそのとき、その塵のひとつでね、そしてまたすぐに砂漠に逆戻るってわけ。

アホの踊り出

黒い雨が、ゆっくりと古寺を巡礼する
海を感ずる千九百七十三年
荒野に愛の少年落語　そして嵐の中に立つシェパアド
ある非道な行為に耐えフォームや制度に打ちかつ
あらゆる状況が歌である
あらゆる瞬間が歌である
音楽をやるのか　やるのだ

いったいおまえとこうなったはなみたいていのことかいな

観客が演奏に影響を与える。昨日と今日でまるでその内容が違っている。

単純なモチーフで自分を破壊してしまうこと。
気持ちを解放して没入すること

流れる水に抑制はきかぬ　とめどなく流れ出る放恣な感情
特別なキマリではなく　あたりまえのキマリ
憂き世の笑いもの　憂き世の囲いもの

歌のための自由なありさま

中吊り広告　蒸し暑い　車内アナウンス
季節のかわり目　雨&風
おっさんが網棚に手を伸ばす。

死の匂いに包まれている駅で、咲き誇るフェイス
砕け散るフェイス
誰が誰であろうとスマイルの果てのクライム

人間のすることでないこと　それをやれ
キャバレーでエンディングを行う　キャバレーでライティングを行う
そして俺は米を洗い、将棋の駒をバラバラいれて電気炊飯器のスイッチをオンする。
「ひっひっひっひっひっひっひっひっひっ」
暗い暗いの台所。ポンと柏手打つならば、アホが一匹踊り出る。
どこで聞いたか知らないけれど、踊り出るぅヨォォイオイオイ。

二人の呪師とフリッカ

　確かにそのような日々
石炭殻、風に舞うモノトーンの風景に
突然、フォルクスワーゲン出現する。

　確かにそのようなデイズ
　悲しい目と憎々しい口もと
壁にむかいて、君の目は閉じられている。日本一の行き止まり。

　ポポポ呪師。スーパーマーケットの屋上には直径五米程の観覧車やゴーカートなど、古ぼけた遊戯器具。店をたたんだ屋台、動物のまるで見当たらぬペットショップ。サンドウィッチやポテトチップスが食い散らかされて雨に濡れている。僕は雨に濡れた食い物が汚らわしくて、いやと言うより食い物が雨に濡れて打ち捨てられてあるそのあり様が嫌で、指先ばかりでそれらをつまみあげて、ゴミ箱めがけて投げた。コントロールは大幅に狂い、家族連れのやくざの顔面に濡れたサンドウィッチがまともに命中して、僕は全力で走り出し、いまだに走り続けているという訳さ。

ピーヒョロヒョロ呪師。川岸に並んだ自動販売機に、最後の五百円玉を投入する。「夢がこわれました」封を切ってないタバコと缶入りのコーヒー飲料を持って対岸を眺むる。女房喜べ、梅が咲いている。「夢がこわれました」

ポポポ呪師。僕の名前はフリッカ。なにもかもをワヤにするのさ。通りの騒動を見給え。あれも、もちろん僕の仕業さぁ。しかし、俺も小児をかどわかしたりはせんよ。なぁ、ピーヒョロヒョロ呪師。

そうだとも。

ローソン市で乞食

永正八年辛未。ローソンシティーでは疫病が流行し、土民はやけくそになって耕作生業を放棄して酒を飲み、暴れ散らしていた。

俺は飢えていた。巨体をもてあましローソンシティーで俺は飢えていた。

「ドゥーユーライクアンチョビ?」

みすぼらしいチキンも奇抜な姿で乞食して歩く俺には充分に魅力的である。このような俺にも定食が供される。このエリアはなにか、憑かれたような景気に浮かれている。

「おい、おまえ笑ってやろうか」

尋ねる男と俺のあいだを、奇怪な集団が通って行く。太鼓や三味線といった鳴り物を喧しく性急なリズムで演奏しつつ、五十人ほどの集団が奇怪な所作を繰り返しつつ、辻を曲がって行く。一体あれは何なのか。

鶏肉をほうばったまま逆に俺は笑ってやった。「くわつはっはっはっは」

そいつはまったく逆上して通り過ぎつつあった奇怪な集団の後尾の連中をバタバタナギ倒し踏みつけて、東南に逃げ去った。

あいつはわたしを愚弄した。拙劣な英語を使ったりして朝食を振る舞ったのだ。アンチョビーなど一体どこにあると言うのだ。腐りかけた鶏の肉だ。胸が悪い。恥の上塗りだ。恥ずかしくないのか。

俺は激怒して路傍の石垣にがんがん頭をぶつけ、「俺はラッキーにあらずいつも陰気にしていよう」と考え、蛇みたいな目付きで周囲を見渡せば驟雨。ローソンシティーはたちまち暗くなる。

「馬鹿、元気を出せ」

「その鳥居は真っ白だったんです。そのうえカタチがいびつなんで、おかしいなと思って近づいてみるとね、びっしりと蛆虫がたかってて袂やら懐にパラパラ落ちかかってくるし、うわあ、とかなんとかいいながら神殿に走ったんですよ。親分さん」正直者が馬鹿を見る。邪悪な人の妨害に遭い（横からつつきよるんや）振り子運動は正確でない。「まいまいこんこして逃げたんやな。死体はあったんか」「死体はなかったんです」「アホほんなら時代劇になれへんやないか」「そうなんですよ親分さん」「馬鹿、元気を出せ。絶対に余人の立ちあらわれるはずのない最終ポイントでNGを出し続けよ。無益な愛を発散し続けよ」

そして、でたらめなおみくじインチキのお守りを売る掘っ立て小屋。その窓ガラスのむこうで白いカーテンが揺れるのを俺は見逃さなかった。あいつらは何もかもを承知していて、鳥居に蛆がたかっているのを見て見ぬふりをしている。何と不精なやつらだろう。面倒なのだ。そして鳥居が完全に虫に食われつくして初めてこっそりと新しい鳥居を建て、「これは元からあった鳥居です」などとうそぶいて、いけしゃあしゃあとしていやがるに決まっている。それがために窓ガラスに白いカーテンなど吊って無人を装いやがる。大体あの何十万何百万の蛆虫はみな蠅となって近隣を飛び回り家庭の食卓や台所で老人や子供に腸チフスなどの危険きわまりない伝染病を媒介し無慈悲にもその命を奪うのだ。清浄たるべき神域が汚穢にまみれ尊い人命を奪っている。ふざけやがって、くそう。血圧がぐんぐん上昇する。私は激怒して小屋にむかって行く。

とてつもない爆音で正気づく。頭ががんがんする。俺は手ひどくやられている。全身に大小のあざ、着物も財布も時計も盗られ飛行場のくさむらに捨てられた。口惜し涙が草を濡らす。

やっとのことで立ち上がると到着ロビーのほうから神社庁の役人と親分さんがやって来る。もうどうしようもないので神妙にしていたのに、十手で頭を「ぐわん」と殴られた。また倒れてしまう俺のかすむ頭に親分の声。

「馬鹿、元気を出せ」

なーんもやっちゃいませんよ

「葱という字が読めんでね…」泣くうどん屋の女。

とてつもない力がかかってくる。うどん屋とねぎの切っても切れぬ悪因縁。幅の狭い道をむやみに車が行き交う。しかも道の両側は商店が軒を並べ、歩行人用に描かれた白線いっぱいまで商品を陳列してある。そうしたほうが儲かると思っているのだ。

二十世紀の終り頃、大阪新世界の立食いうどん屋で女が働いている。四十を越えた美しからぬ女はおろかではあったが、懸命に働いている。いま一人の店員は若い男。彼は真面目に働かない。売上金をごまかしては立ち飲み屋に行き、それを策謀によって女の仕業と抱え主に信じこませているので、女の給金はまず三割方は差し引かれる。

「ああ何たることでありましょうか」動物園のほうから酔漢が四五人「たちあがれうえたるものさめよわがはらから」などと訳の分からぬ歌を歌いながら、肩を組んでよろけながらやって来て女に突き当たったので、女は反吐溜めのなかに倒れこけてしまった。

「ああ、何たることでありましょうか」「三十も四十もうどん玉のはいった重い木箱を運

んで、四十度を超すカウンターの中でうどんを茹でて、あの若い男が酒を飲んでいる間、
独りできりきり舞いをして、しまいには反吐溜めにこかされる」女が嘆いているうち、
パチンコ店から流行歌が流れだす。

葬儀と婚礼を同時同所にて開催す
それを可能となすものは
徹底的のうすら笑い
頑迷固陋のにやにや笑い
なーんもやっちゃいませんよ
なーんもやっちゃいませんよ
なーんもやっちゃいませんよ

若い男は小娘を伴って曖昧宿にはいっていく。

苦行妻

突如スーパーマン出でて
山積する諸問題
一気に解決してしまう

それでも紙袋は破れ
パンやちくわが路上に散乱する
僕は憤怒の形相で虚空を睨んでいる

壁紙がじっとりと湿っている
ところどころ黒いのは黴が繁殖しているのだ
そのような台所で深夜
妻の奇行乱行

妻も狂いだしたか

茶筒をピンクに塗り替えている
しかし暑くてかなわぬ
あたりまえだ夏のさなかに
窓をみな閉めているのだもの
茶筒をピンクに塗り替えても
暑くてとてもやりきれない

妻は台所でアラームに水をやっている

ロビンの盛り塩

米が無い。米が無いので水ばかり飲んでおった。起きていても腹がぶがぶがぶするばかりでせつないので寝てしまった。夕方、ふと目を覚ますと妻はどこかに小遣いを隠し持っておったのか、鰻を誂えて食っているではないか。「おい、ちょっと呉れ」「ちょっと呉れ」呉れやがらぬ。口をきかぬのだ。返事をせんのだ。ああ、嫌になってしまった。空の丼を見つめているとからだ中に寂寥感が広がってきて涙が溢れてきた。どうしようもなくなって家を出てどこをどう歩いたか、我にかえるとロビンという喫茶店の前に立っていた。この家の娘は気が狂っていて、店先に切り花を挿しては日がな水をやっている。ここの盛り塩はいつも水で流れてぐじゃぐじゃになっている。

7

模様

動物園では猿の厭世自殺が相ついで私は困り果てている。しかも大量の晩飯。これみな食わんといかんのやろか。畳に昼の光りがまだ残っているというのに。一人で使った畳と二人で使った畳。これは明らかに違う。この場合、いってるのは畳の目のことだがね。そこで膳を離れて壁に顔を三センチくらいまで近づけて、じっとしてみる。背後に光りを感じる。うふっ。こうしているうちにも飯はどんどん腐っていっている。鯖の皮に埃が積もっていくのだ。アパートメントの一室が二百メートルもせりあがり直径一キロの円を描いて旋回するのだ。こわいよ。

うどん玉・バカンス・うどん

不愉快なことであるよなあ
「不愉快な半狂い、でもキュート」

源さんが金を返しにくる
「ワイルドなやつ、車海老を食っている」

このところ捨て子が多い
地下道に三味線を抱えた乞食がびっしりならんでいる
「犬の視線、筋子の容器」

路傍で若者は争闘を繰り返す
「御政道の乱れ、鳩の腐敗」

ソープランドで婦人とたわぶれる
「うどん玉、バカンス、うどん」
どぶにくす玉を叩き込んで帰宅する
「農道の彼方、ふとん屋」
「歩けぬ道、歩けぬほどの雑踏、永遠に昏れぬ日」
鰻が焼けるまで
「どうでぇ熱いのを、一度きりの熱いのを」
車内で脱力してたゆたう者
「君は死人のごとし、君は無言」

たわごと

荒廃した町で蓄妾
そうじゃそうじゃと
紙で顔を隠して歩く
誰も春を見ない
身が破滅しつつありたり
娼伎と将棋を
その姿を父にも一度見せてください

どうも気にくわぬ奴が居るものだから、宅配便で毎日猫の死骸を送り続けている。もちろん差出人は不明にしてね。そんなことをしているものだから野良猫（という保証はない。そこいらをぶらぶらしているやつだからね）を捕獲したり虐殺したりに時間をとられて困っている。

さらばでごんす
明石海峡に橋を架けておるが
人柱は足りておるのだろうか

祟りますよ
祟りますよ

排気ガスを浴みせかけて
走り去る者
祟りますよ

海底に響くたわごと

野旋行

いつ私はこの荒れ地に来たのだろう。見渡す限り背の高い草と鉛色の空ばかりで空気は冷たくて湿っている。ときおり強風が吹く。

また私がこの荒れ地に来てどれくらい経ったのだろう。人間の気配はない。鳥や獣の姿はない。足元がぬかるんでいる。倒れて黄色くなった草と水で足元がぬかるむ。邪霊が吹き溜っている。

野に小屋。

半ば朽ちた小屋。その周囲の曖昧に草が無い場所。水びたしの床に背広の上衣と縄。棚に四角な缶と剃刀。卓と椅子。卓に二合罎。なにもかもが泥にまみれている。または錆びている。または湿っている。または曇っている。

罎の中の液体。飲んでみる。喉が焼け胃が熱くなる。焼酎。四角な缶。黄色い粉がはいっている。舐めてみると麦こがし。大麦を炒って粉にひいたものである。

次に頭を剃ってみる。大変に痛い。ところどころに剃り残り。あちこちに細かな疵と出血。

次に旋行。泥まみれの上衣を裏返しにして着、缶を抱え壜をぶらさげて外に出る。水に漬からぬように注意しながら缶を下に置き、焼酎をあおり呪文を唱え、麦こがしを空中に撒く。

缶はみるみる空になる。缶の底に妹の猥褻写真。妹は缶の底にセロハンテープで貼られている。笑っている。大麦の粉の入った缶の底の妹。

強風が吹く。私は姿勢を低くしている。粉が散らばっている。

こぶうどん

あんな、食券買え言うてんねん、食券。そこ、ほら、機械、見えたあるやろ、あかんねん、いきなり入ってきて「こぶうどん」とか言うても。またけったいなおんな入って来やがった。あかん、あかん。食券買わなあかんの。食券や、食券。わからんか。そこでなんぼ、ぼそぼそ注文してもあかんねんて。入り口にあるやろ、あれで自分の食いたいもんの券、買うねん。ほんでそれカウンターに置いてくれたら、どんな邪魔くさいもんでも作ったる言うてんねん。あんな、字ィ読めんねやろ。ほんなら教えたるわ。まずな、何が食いたいのか決めんねん。ほんで決まったらな、金、入れんねん。五百円玉でも千円札でもいけるようなってるわ。ほんならもうなんも言わんでええ、黙ってカウンターに置いてくれたらええねん。まだなんか吐かすんかえ。食券を買え、言うてるやろ。おまえ、しまいに殴るぞ。湯ゥかけたろか、こら。まだぐじゃぐじゃ吐かすんか。さっさと食券買おてこい、あほんだら。もう一回だけ言うわ。もう一回言うて、まだそこで「こぶうどん」とか吐かしとったら殺すで。食券買えちゅうてんのんじゃ、ぼけかすひょっとこ。

　立喰うどん屋には葱を切る包丁しかない。斬ったり突いたりというのは不可能なので、首筋を殴りつけるようにしてやっと、ものの道理のわからぬ横着な馬鹿女を殺した。しかし私は溜飲を下げたわけではない。彼女が特別に馬鹿で横着というわけではないのであって、実は大半の客がそうなのだ。彼女を殺したからといって問題がすべて解決したというわけではない。というより問題はさらに難しくなったと言えよう。というのは、あの食券の買いかたもわからぬ愚鈍な女は、死ぬならあっさりと死ねば良いものを、汚らしい血液や涎、さらには大小便などを厨房やカウンターに跳ね散らかし、垂れ流し状態で死んだのである。いやはや掃除が大変だ。僕はもう立喰うどんのバイトはもう御免だね。あほ女の死骸の上に血塗れの前掛けを捨て、ゴム長靴を鍋に放り込んで外に出れば嵐。慌てて中に戻り掃除にかかる。僕はなんて不幸なんだろう。あほの血を拭くなんて。ああ。ゴム長靴はこの儘にしておいてやれ。客は気付かないに決まっている。それにしても、ああ。傘があればなあ、ああ。失敗しちゃった。ああ、こぶうどんか。

包丁・鏡・傘のしゅう

ことばが先にくると駄目なんだな。そのものずばりでないとね。ところでこのところ森に小人が毎日集まって踊っている。働くことをせずにだ。ところで電子レンジに酢醬油のびんを入れて加熱したら爆発しちまった。まあ、だがそんなことは気にしない気にしない。リィーと大きく伸ばしてラァッと発散しクスと抜く。熱気、もうもうたる台所で家畜の脳に小豆を混入して茹でてるんだけど、この熱さ。死にそうだぜ。ところでふざけるのもいい加減にして欲しいものである。雑所得が年間で二十万ほどあるだけの俺が、どうやって住民税を五万八千円も払うのか。神よ、教えてください。税金で金が無くなって、揚句、夫婦喧嘩なんて惨めなものさ。哀れなものさ。地獄のライフスタイルさ。ところで分納を認めやがらぬのである。一生懸命に働いて焼酎を三合飲むのがささやかな娯楽だ。その焼酎にさえ莫大な税をかける。そして彼等はおっしゃる。「おまえは悪質な滞納者だ」「俺のどこが悪質だ。おいっ俺のどこが悪質か、と訊いておるのだ。おいっ言え、俺のどこが悪質だ」怒りで受話器を持つ手がぶるぶる震える。あぶら汗が流れる。俺は善良なパンク歌手だ。バスなどで年寄りに席も譲る。現金がいま無いと云っておるだけだ。無い袖は振れんだろう。馬鹿者が。くそう。畜生。分納ぐらい認めやがれ、くそ野郎が。殺してもたろか、ぼけ。ところで僕は彼等に言う。「差押えでもなんでもさらしやがれ、あほんだら」僕のところにはこれといって差押えられて困る物はなにも無い。目につく物といえば、敷きっぱなしの破れ布団、ラジカセ（CDなしモノラル）、アルミ鍋、文机（脚グラグラ）ぐらいか。後、ごたごたとしたガラクタもあるが、いずれにしてもまあ一時間も歩けばそこいらに捨ててあるような物ばかりだ。事実、そうやって捨ててあった物を拾ってきたのだから間違いない。基本的人権だ。健康で文化的な最低限度の生活だ。はははは、ざまぁみさらせ。こんなもの五万八千円は愚か三百円にもなるものか。馬鹿者共めが。リィーラックス。「おい、壊さないように気をつけて運べよ」「いや、旦那。それがひとりでに壊れやがるんで」そうだひとりでに壊れていくのだ。ひとりでに滅びていくのだ。ひとりでに終わっていくのだ。それを止めることはできない。ところで小豆はどろどろに溶解してしまっている。僕の鼻からも耳からも同様のどろどろの膿が流れている。呼吸がうまくできない。暑い。ところで僕って機械音が苦手なんだよね。モーターの音とかさ。そんな音を聴いてると精神がひとりでに壊れやがるんで。いつの間にか体が震えつつ前後に大きく揺れている。絶叫してしまっている。その文句「包丁、鏡、傘のしゅう傘のしゅう、包丁、鏡、傘のしゅう傘のし

ゅう、包丁、鏡、傘のしゅう傘のしゅう…」

ちゅうしん
ずんべら
ぼになて
ずんずん
7
6
14:46 宇都宮 1
15:14 小山 1

狂犬焜炉

五百羅漢が端の人々を慰安する。そして我々は細心の注意を払い、ひとつひとつ石を載せていくのです。

視線が揺らぎ、状況にディレイがかかる。マシーンを操作するのはたれか。だいたいがおかしいのであって、入ってすぐ右手にレジカウンターがある。入り口は同時に出口でもあるので、当然のごとく買い物客は入り口側を先頭に奥に並ぶのだが、二台あるこのレジというのが、どういうわけか向かって左手に設置してあるのだ。これは実に深刻な悲劇を生む。代金を支払って袋に入れられた商品を取り釣り銭を受けとる最初の客の腕、代金を受けとって釣り銭を渡す店員の腕、重い店内用の籠を一刻も早くカウンターに置きたい次の客の腕。合計六本の腕、さらに商品がレジカウンター上で複雑に交錯するのである。向かって右、出入口側に据えてあればかかる馬鹿げたことにならずに済むものを。

もう何年もバスに乗り続けている。我にかえればいつも早朝。もやがたちこめておって、どこをどう走っておるのか皆目見当がつかぬわい。

約十五センチ間隔で自分自身をずんずん輪切りにしていく。これが実に爽快なのだ。輪切りのわたし。

いかの内臓を取り除いて中に市販のミートボールをぎゅうぎゅう押しこんでがぶりとやった。不味いね、これは。拘置所でこんな馬鹿なことをやっているのも俺ぐらいのものだろう。

道ばたの荒物屋の店先に奇妙な焜炉が置いてある。中心部の四角な穴から犬の鼻と口がのぞいている。気になるので店番の老婆に「これはなにか」と尋ねると「狂犬焜炉だ」という。なんのことかさっぱりわからぬ。手をかざしてみるとほの暖かい。そうするうち突然、四角な穴から鼻と口をのぞかせていたばかりの犬がめきめき大きくなって、前肢を先にして物凄い形相で飛掛かってきた。なるほどこれは狂犬焜炉に違いない。

二人の少女

森のはずれの塔の上下に二人の少女が住んでいる。悲惨な少女と幸福な少女である。不燃ゴミの日に重い袋を下げてゴミを出しに出た悲惨な少女は、幸福な少女が出したゴミを見て、その生活レベルの高さに驚嘆した。たとえばコーヒーひとつをとってみたところで、悲惨な少女はネスカフェエクセラ。幸福な少女は横浜コーヒー物語なのである。「なんとも情けないことであるよなあ」悲惨な少女がゴミ置き場で悲嘆にくれていると、雨がポツポツと降りだした。やがて雨はどしゃぶりになったが、悲惨な少女は虚脱してその場を動かず、ずぶ濡れになっている。自室の窓から一部始終を見ていた幸福な少女は激怒している。当然だろう。ゴミまで調べられてはやれんよ。幸福な少女はあんまり腹がたったので、ししゃもで一杯飲むと、すぐさまその名のとうり幸福化して暖い布団でぐっすり眠りこむ。悲惨な少女もまた、その名のとうり、悲しみと豪雨ともいうべき雨に打たれて体が冷えきって気絶する。

若い女が倒れているではないか。どうも気を失っているようだ。弱っちまったなあ、どうも。この儘、ほうって置こう。と行きかけたがやはり気になって立ち戻る。どうする、これ。もう深夜やし、おまけにこの雨やろ。ここらへん家もないし。どんならんで、ほんま。途方にくれるうち、やっぱり人間、いざとなったらええ知恵、浮かぶもんやね。この塔にほりこんどいたれ。火の気もないんやろけど、どうせこの儘、ほっといても死によんねやろ。おんなじことやで、おんなじことやけど雨に打たれて死ぬんと、嘘でも屋根のあるとこで死ぬんと自分やったらどっちがええ。俺やったら、やっぱり雨は嫌やわ、雨は。まだ息あるみたいやけど、介抱なんかしてられへんもん。後の面倒もあんねやろ。なんか乞食みたいな女やしみよりたより無いんやろ。とりあえず雨のかからんとこにほりこんどいたろ。あっなんや、えらいきつい戸ォやなあ。よっ、よっとこっと、こんでええわ。よっしゃ。早よ行こ。ひょっとポリさんでもとおりゃがったら、また邪魔くさいこと聞きよんで。「おまえがやったんちゃうんか」とかいいよんね。ちゃうっ、ちゅうねん。俺は善意で雨、かからんようにしたっただけやっ、ちゅうねん。ああっさぶ。早よいんで寝てこましたろ。

やれんよ

改修工事をしておるのか、とり壊しておるのか、十階建の古いビルに丸太で足場が組んである。しかし一階の店舗はまだ営業している。立ち飲みスタンドやクリーニング屋、茶店などがそうだ。茶店は無料サンドを配っている。今日は終りの日だから。私は苦々しく思う。帯が針金に引っ掛かってサンドを貰えんのだよ。なにもこんな日にビル工事などせでもよいではないか。どうせもう少しすればなくなってしまうのに。馬鹿なやつらだ。頭を上下に振って「ううむ」と無理に進むと帯が千切れて前がはだけた。もういいよ、別に。帯などどうでもいいよ。サンドさえ貰えれば。そういえば以前、新大阪のホームで買ったサンドは不味かったなあ。発車間際に立ち食いしたのだけれど、普通のサンドかと思いきや、得体の知れぬ甘い茶色のムース状のものが塗ってあるだけなんだもの。あれではやれんよ。今日のサンドはどうだろう。あんまり期待しないほうがいいね。こんな日でもあることだし、なにしろ無料サンドなのだから。ふうん、おでんの即売もやっているのか。なるほどね。じゃあ、サンドは止めておでんとビールにするか。

なにがあるのかな。あっ、まっこう鯨の皮があるじゃん。「おっさん、コロとごぼ天」「コロなし」なしか、しょうがないね、今日ばかりは。「おっさん、すじと大根」来た、来た。これで準備はオーケーだ。縄もあるし。場所はこのビルでいいな。手頃なひっかけフッカーもあるしさ。なんだ不味いな、このごぼ天は。まあいいけどさ。こんな屋台に毛の生えたような小店で、旨いのまずいの言ったってしょうがないよ。そういえば歌手やってた頃、ゴボ天ブギーての演ったっけ。どんな歌だったかな、忘れました。そういえば人生で何回、忘れました、といったことだろう。小学校時分など一日にまず十回は言ったな。宿題をやらずに学校へ行くなどして。はは。なんだ、旨いなあ、このビール。もう一本飲もう。「おっさん、ビール」あっ、さっきの帯、風に靡いてるよ。いいね、どうも。俳句でもやってみるか。はは。あっ来た、来た。注文したら言ったとうり持って来たよ。はは。あっ、なんだむこうでサンドを食っているあの連中は。つまんなそうな奴らだなあ。あれじゃまるで消化不良の糞だよ。はは。あれではやれんよ。陽がさんさんと照っている。やれんよ。はは。

8

猿ぼんぼん

東京でわびしいさびしいおれ
人間以下のけだものにＵＶケアーを施して遍路
苦労して習得したタイプの技術とか運転術とか
そんなものをすっかり忘れて遍路
でもおれ公務員やら職人やら
いろんな人に助けられたり怒られたりしてデニーズでまたさびしい
おれくたくたになってっからおれ遍路だから
だからおれ塩蔵野菜？
歯抜け？
おれ落後者？
畜肉？
こんなおれなんて早くぶっ壊れてしまえばいいのに

ってでもまだ遍路
もうこれ以上一歩も歩けねぇけど心は遍路
気持ちは遍路はりきんろって
息ばっかりしゅうしゅう洩れて

でおれ、きそくえんえんってどういう字？　どう書くの？
民家ひとの家の土間に這いこんでヒイヒイいってんだけど誰も出てこねぇ
おれを咎めだてすんじゃねぇの？
たたき出すんじゃねぇの？　おれヒイヒイいってっけど
そうだろなあひとの家の人達早く出て来いよ
おれ汚ねぇだろ？
言葉くれ水くれ
臭えだろ？
ビタミン入りの粥くれ
つってんだけどケッ誰も見てねぇよ聴いてない
おれヒイヒイいいながら頭を土間に転がしたらよお
見てたよ猿ぼんぼん逆光でシルエットだけど

軒に庇に布で作った赤い猿
五匹したにいくほど大きくなって連連連連連って吊してあるじゃんヒイイイ
初めはきっと青かったんだな
けどよおこのへん多いだろ？　遍路
だからよお怨みと呪いを吸いすぎて赤くなってしまった
つまり蚊取マットの逆だなあら発散してピンクになる
これは吸着して赤くなった
それが値打ちでさあ
おれ墓まで這ってくよ猿ぼんぼん
で腐った魚と萎れた花ひろってくるからよ
でそれ食って死ぬからよお
頼むよ水くれよ金でもいいしよ
もう一回だけ酒のみてぇよ猿ぼんぼん
東京にいりゃよかった
遍路してなおわびしいさびしいよ猿ぼん
目が視えねえ
腹がいてえ

言葉くれ水くれ
臭えだろ？
ビタミン入りの粥くれ
Stompin' Bird
THE MAD DOGS
GRIND VIBES
PRINCE ALBERT

言わぬが花でしょう

俺‥心が爆砕せられてショック
　俺、ゆらゆらしてた
　魂を戻さねば相成らん、って感じで
　叫んだりシンナー吸ったりしたんだけど戻んねぇ
　ってゆうか、俺の連れなんかマッチで腕焼いたりして注意してたんだけど
　そいでも死んじゃった
　どういう具合だったかは
　言わぬが花でしょう
全員‥言わぬが花でしょう
俺‥あれの心も爆砕されてた

と思う
なにかとゆらゆらしてたからね
体育が好きな奴だったが
ハイジャンプが得意でね
頭の長い男でしたよ
魂を戻すのに失敗をしたのだ
と思う
俺らのソウルはきわめて弱く脆いからね
ちょっとやそっとでは戻んねぇ
と思う
まあ、このお、コンビニやなんかでは売ってるけどね
百円とかで
しかしそれがどういう結果をもたらすかは
言わぬが花でしょう

全員・言わぬが花でしょう

俺・・ああいう企画ものはだいたいダメだ
　薄いしね
フィーリングの暴れに対抗できていないとでも申すべきか
女子はだいたい持ってるね
と思う
ああ揺れる
なにも頭にはいんねぇ
なんとかしてぇんだけど考えること自体、脳に対する負荷が大きすぎて熱を帯びる
強くなりてぇ
力を持ちてぇ
超人になりてぇ
まあ無理だと思うけどね

こういうときとやかく言われたんだから
泣く泣く首をぞかいてんげる、ってなんだよ、敦盛か
なんかあったよね、国語で

で、俺がどういう挙に出たか、だいたいわかるでしょ
しかしまあその詳細については
言わぬが花でしょう

全員・言わぬが花でしょう

臨江閣
言わぬが花でしょう

国恥記念日

広場の奥に城がそびえ立ってたのを覚えています
群衆が広場をぐるりと取り巻いておりました
広場には誰が撒いておるのか、紙吹雪が舞っておりまして
極彩色の幟や吹き流しが林立しふざけた音楽が流れておりました
晴天でありました
広場の真中あたりで二足歩行の鼠、家鴨、犬、それぞれ、〈つがい〉なんですが
へらへら笑いながら踊ったりステップしたりしておりました
得意げな顔をしておるわけですよ
私はもうくらくらするくらいに腹が立ちました
こんなものは国の恥だと思ったわけです
しかも民衆を馬鹿にしたようなへらへら笑いでしょ
矢も盾もたまらずに飛びだして鼠の前に立ち言ってやりました

「僕らの国でそんなふざけた踊りは許さない。やめろ」とね
ところが鼠は表情ひとつ変えない、というか馬鹿なんでしょうか？
へらへら笑いをやめんのです
私はますます頭にきて脇にあった幟の棹で鼠を打ちました
それでも鼠は人を小馬鹿にしたような笑い顔でゆらゆらしている
もう、むっかーとなりよりましてですね、私は棹をへし折りました
突っ殺してやろうと思ったのです
そして棹を構えたそのときです
広場の奥の方から黒い仮面、マントを羽織って高下駄を履いた侍が指叉を持ってやって
きよりましてね
ものも言わないでいきなり指叉で、ぐわん、と殴りおったのです
私は転倒しました
きわめて痛かった
頭ががんがんしよりましたです
侍は転倒した私の喉や手足を指叉で押さえつけよりました
私は地面に磔にされたような恰好でしたが同胞がこんな目にあっているのです
たとえ私が殺されても群衆が黙っていないと思っておりました

首を捻って広場を取り巻く群衆の方を見ると群衆がこっちに向かって走ってくるのが見えました
群衆のうち半数は鼠や家鴨の方に向かって走っていきます
私は「殺せぇぇぇぇぇ」と叫びました
ところがです
鼠のところにたどり着いた群衆は口々に鼠の徳を讃える言葉を唱え
鼠に抱きつく鼠を取り巻いてピースをする記念写真を撮るなどしおるのです
まったく恥を知らぬのです
残りの群衆は私と侍の方へ走ってきました
私は、「俺はいいからあの恥知らずどもを成敗してくれ頼む」と叫びました
ところがです
群衆は私の方へ殺到して嘲罵の言葉を投げかけつつ
腹を蹴る唾を吐きかける顔面を踏む膝や肘を石で砕くなどしおるのです
地面に磔にされ群衆に翻弄・打擲される私の周囲を家鴨と犬が例のへらへら笑いを浮かべて手を繋いでぐるぐる踊り回っておりました
血の涙が頬をつたいました
やがて音楽が高まったかとおもうと、鼠、犬、家鴨は尻を振ってスキップ

おどけた仕草で踊りながら列を作って城の方へ行進を始め
侍と群衆は歓呼の声を上げ彼奴らを取り囲むようにして広場の奥に消えました
私はしばらくじっとしておりました
足の骨が砕けて歩けんかったからです
ごっつい、あしやった
遠くで音楽がなっておりました
紙吹雪は舞い続けておりました
幟、吹き流しが林立しておりました
晴天でありました
もう十五年も前のことですが、つい昨日のことのようであります
俺、ごっつい、いま、くわあと思ってます

俺は宿屋

お見かけどおり俺は宿屋
それも宿屋の若いもんだ
名は伊八
颯爽とした若い番頭だ
恰好いいでしょ
羨ましいでしょ

俺の宿は一泊一食付で七百三十九円（税込）
飯は食い放題
お菜は焼き鯖
布団は薄くて腐朽している
お客が発ったあと俺は

布団をあげたり
枕元周辺のゴミ、すなわち、ガムの残滓
焼餃子に添付されたる辣油の入っていたらしいビニールの小袋
灰皿として使用したらしい缶入り飲料の空き缶などを片付けたりする
俺の宿ではお客が寝床で物を食うことを禁止していない
俺の宿屋は自由奔放
建物は建築後六十六年六月六日を経過している

その俺の心
その宿屋の若い者の心が虚滅した
宿屋の颯爽とした若い番頭の俺の手は油まみれになった
あぶらの手で俺の心に触らないで下さい
心まで廃油で汚れます
警告を発していたにもかかわらず心が汚れた
尻をからげた惨めな病み犬
それ俺それ俺それ俺
がに股で布団を運ぶ哀れな汚辱の証人

それ俺それ俺それ俺
俺、納屋に閉じこもって

ぽんぽんぽんぽんぽんぽんぽんぽん
納屋で爆竹を鳴らし
納屋で喚き
納屋で暴れ
灯明や釣竿を投げつけへし折り、心に勢いをつけ
俺は風に匂いに空に光に祈った

みんなが平安に生きていけますように
みんなが毎日めしを食えますように

納屋を出ると
真っ青な空に動かぬ雲
蜘蛛の巣の柄の着物を着た目つきの悪いやくざと頭に大蛇の入れ墨をした狂女
手を取り合いものすごいスピードで真っ直ぐに昇天していった

天狗ハム

屈辱の涙を流して妻と抱き合い
けばだった畳が背中に痛い四畳半をごろごろ転げ回って
ああ、ああ、なんて喚いておりました
ほんと
わたくしは二度と立ち上がれない
一生、このまま転げ回るのです
ひとりの屈辱は夫婦の場合、倍です
華やかなパーティー会場で誰にも誘われず話しかけられず
しかし青ざめて緊張なにもくえずに空腹を覚え
夫婦で支那蕎麦屋に入ってさしむかいで黙ってぬるい水を飲み飲みカタヤキソバを嚥下
するようなものです
僕らはくちを利かなかった

喋ると優しい気持ちと屈辱の混ぜ合わせが間に渦巻いてふたりはとんでもないことになってしまうのが分かっていたからです
僕たちは黙って転げ回っておりました
電気釜の中で飯が
卓袱台の上で100g50円のハムの切れ端が腐っていきました

ははははは
わぎゅ
あ、うーん、あーた、なに新人
あ、そう
すっげぇ　おっぱい、すっげぇ　おっぱい
うんうんうんうん、なにそれ?
ハム?鱧?ハム?ハム?ハム?鱧?ハム?
要らない要らない
だって俺、ハム嫌いだもん
メロン?要らない要らない
んー?贅沢?おれ贅沢だよ、あったりまえじゃない

いやいやいやいや。はーい。カンパーイ
ん?なに?
俺が?あいつに?冷たかった?いや、ちが……、うん、うん、同期なのに?俺と差がつ
いて?可哀想?バーカヤロー、俺はねぇ、あいつがねぇ、昔から嫌いだったの。くーら
いじゃない、なんかさぁ、疫病神みたいなんだよ、あいつ。女房も陰気くさいだろ。い
や、いちおうさあ、そら招待状は出したけどさあ、そんなの来ると思わないじゃない、
なに?ハムいらねぇっつうの

天香具山で猿が十姉妹をかじっている
その下を通りがかった狆連れの媼
慌てふためきて狆を抱え逃げ帰りたる
猿が狆を襲うのではないかと恐れたからである
そして猿も去り
山道にハムが落ちていた
1g5000円の天狗ハムであった
それが安いのか高いのか
そんなことは誰にも分からぬだろう

平野屋米穀店
一生、このまま転げ回るのです
スズラン
南口前
231-5069
本町
2-2
入居募集
Hip Hop Discount Shop
BRONX
TEL 027-234-2709

オッソブーコのおハイソ女郎

お車代二万円
これをしねしね遣えば、まあ、悪いけどはっきりいって二週間くらいわたくしは安泰
ところがそんなせこいことをわたくしはせぬ
オッソブーコの材料代
それに二万円を全部一気に爽快に遣っちゃったい
ははは
こんなこと
こんな馬鹿なことができるのはこの世でわたくしひとりだ
ざまあみやがれ
お上品なあほんだらども
おハイソな豚野郎ども
貴様らはおレストランでおディナーを食らいやがれ、ちゅうねん、阿呆が

俺は、この俺は自分でオッソブーコを作るよ
おまえらにオッソブーコの作り方が分かるか?
もっといえば
オッソブーコの歴史を知っているのか?
そら、はっきりいってわたしだってそんなものは知らぬ
しかしながら、だ
それを自分で作る
ね。そういうことを通じて俺は
俺の場合はやってる、ちゅうのだ、あほんだら
阿呆ン陀羅(二回云フ)
おまえらはタクシーでレストランに行くのだろう
馬鹿
道路は渋滞してるんだよ
地下鉄の方が早いのだよ
もう俺は、俺の場合ははっきりいわしてもらう
おまえらのこころは
違う

おまえらのこころ、が
こころこそが
はははははははは
貧しい
俺はおまえらを殺すことにしたよ
殴ることにしたよ
唾を吐きかけることにしたよ
いま
この瞬間からね
反省しないおまえに熱々のオッソブーコできたてのオッソブーコをふりかけて
ベースメントで祈禱をいたしました
この時間、全世界でいろんな人が祈っている
オッソブーコも食えぬ人が
そのことを知れ
反省しろ、あほ

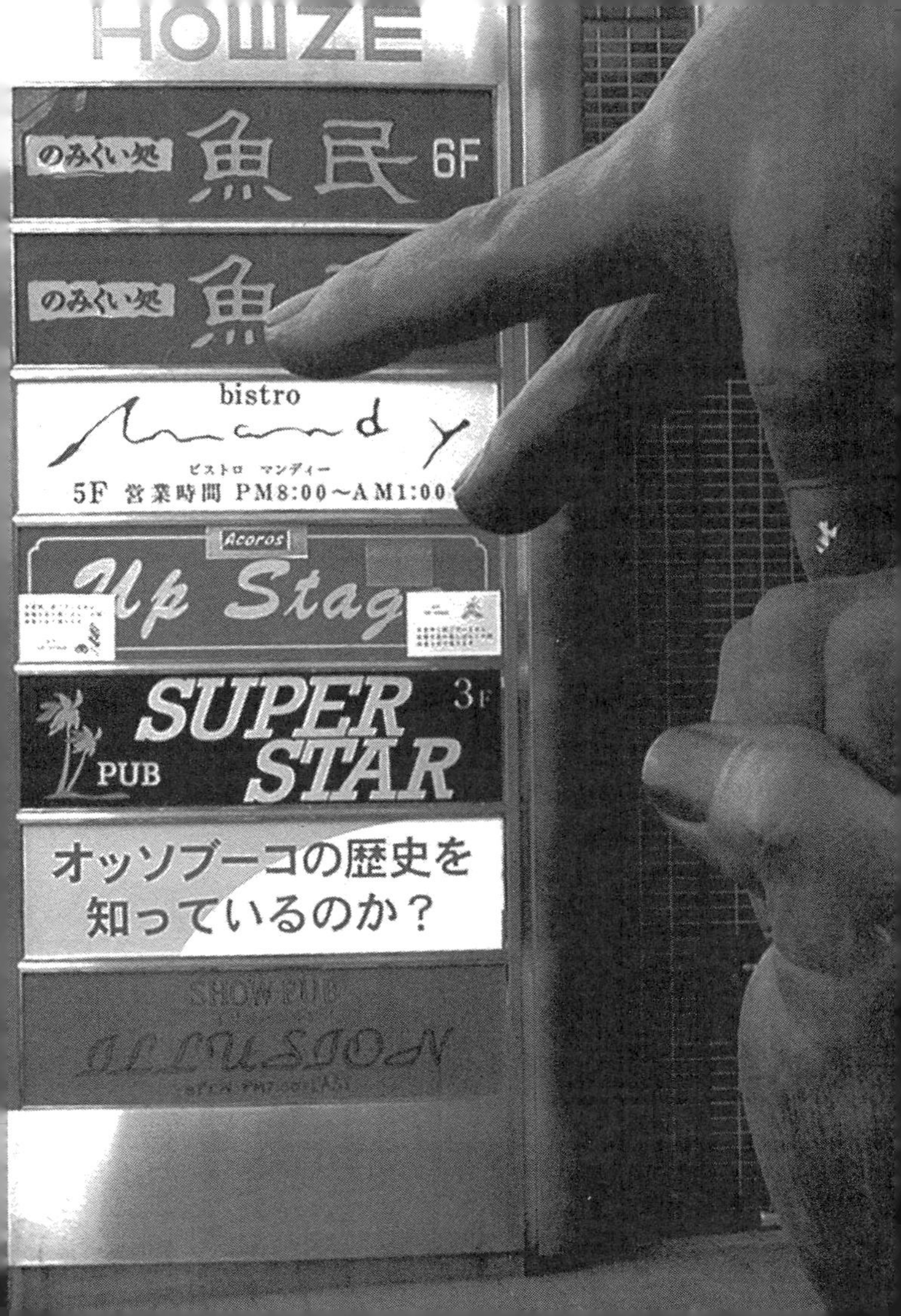
HOWZE
のみくい処
魚民
6F
のみくい処
bistro
ビストロ マンディー
5F 営業時間 PM8:00〜AM1:00
Acoros
SUPER STAR
3F
PUB
オッソブーコの歴史を
知っているのか？
SHOW PUB
ILLUSION

女を八尾に捨てた反逆

太陽に逆らうように腰を振って
いわく付きの美女、増水鈴子を八尾に追いやった
季節も
背中も
牛込も
俺にとっては同じように虚しいものだ

太陽にこれみよがしに腰を揺すぶって
金塊を七噸がとこ密輸した
宍道湖に
任那日本府に
別宅を拵えた

信じられないかもしれんが俺は詩人だった
パリのバスタブのなかで午前三時
なにもやることがない俺は紛れもない詩人だった
部屋の裏の寺
それは偽寺だったけどね

みんな太陽に逆らってた
俺は詩人だから日にものすごい分量の紙を使って
しかも俺は再生紙ってのが苦手だったものだから、地球の陸地はほぼ砂漠化
あいつのせいだってんで、奴隷にされて競売にかけられたっけなあ

そんなことをして太陽に逆らってまあイキテマス
心の坩堝で笑い死にそうです
腰に十手さして
腹にバナナ突き立てて
脂肪で、きゅうと夾んで

切腹のまねごとです
（苦笑スル）

心の坩堝のなかに仁和寺がありました。
実際の仁和寺とすこしも変わりません。やあ、仁和寺だ、と思って見ていると、こころの上手からひとりの痩せこけたラマ僧が歩いてきました。やあ、ラマ僧だ、と思ってみていると、ラマ僧は懐からホトトギスを取り出しました。やあ、ホトトギスだと思ってみていると、ラマ僧はホトトギスをべりべり引き裂いてにたりと笑いました。

いつもこんなありさまです
真実やりきれない
（苦笑スル）
（苦笑スル）

こころには煩念
でも
てんねん自然の美しさで

腰を振って歩くひとあり
任那になむ択捉になむ
災厄をもたらす
僕は増水鈴子を八尾に捨てたけど
八尾に捨てたけど
(二回云フ)

前橋文学館
Maebashi City Museum of Literature
沼田 渋川
桐生
Kiryu
県庁
大胡
Ogo
17
10
3

とてもいい場所に幔幕

意を尽くして好きなように生きる
はなれ技を演じ、そのまま死んでしまう
波が引くように日本語から助詞がなくなり
智識を捨てて虚空蔵菩薩に祈る
いま知れ、貧しい才能がここにあることを
庫裡で坊主が香木を偸んでいる

川の前で汚れる位牌
土手をいくタクシーはみな帰社の札を出している
鶴の肉に舌鼓を打って
赤い顔で文学を語る
いま俺らは正真正銘の阿呆

賤民、水上スキーの稽古して

南天の下、幔幕を張り巡らし
日ごと気になるのは残してきた妻のこと砒素のこと
心のなかの豚を切害して
滴る緑を眺めている
宴会の島、七寸真島はいまこんなに華やかだ
尻窄まりの人生が排水孔に渦を巻いて吸い込まれていく

柚湯に浸って薄目を開け
ロケットが飛んでいくのを眺めている
益城という廃城の近く
白神破水という山奥の温泉で楽しく暮らしている
奴僕が斧を取りに行ってる間
僕らは僕らで楽しいのだ

杯が砕けて料亭で二人三脚

いま啓かれる愚民の歴史
蛮夷を膺懲せんと立ち上がり
おいしいパン屋でこだわりのパンを買う
眼前に五月の光松の緑
ねづみ野郎がいい気なものだよ

ねづみ野郎がいい気なものだよ、という声がした。

頭の上で三味線が砕けた。

副総理格の男が周囲の男になにかいい、
気がつくと俺はここにいました。

もう三月になる。あ。ごめん。気取ってました。

もう三月になります。いまはなにも感じないです。

今月は植木に水をやる予定です。そんなことから始めてみようかな、なんて思ってます。

よろしくお願いします。

YAMAHA
意を尽くして好きなように生きる
¥24,800
YAMAHA

くたばれ豚野郎／死にやがれ大うそつき／水のプンク

愁嘆な口調で
「農業やってたらね、肥料代がかかってね」
呟いて実にいい
感触（二人で云フ）
農業なんてやってないから

悲痛な表情で
「毎日、はったい粉ばっかしですわ」
呟いてとてもニートな
感覚（二人で）
はったい粉なんてみたこともないから

陰気な口調で
「僕なんか焼酎でいいんですよ」
呟いてすこぶる軽快な
印象（二人で云フ）
毎日、饅頭を無駄にしていたから

心の果てに
悪霊
粉々になるまで働く
庶民（二人で云フ）
あてがわれるのは
使い捨てカメラ

なにを撮れと言うのだこんなものでと庶人の怒りが爆発すると思いきやみなにこにこ笑って互いに写真を撮影。Tシャツに眼鏡、首にタオルを巻き付けた、リーダー・指導者然とした男は君たち恥ずかしくないのかやめろというのだけれども。

心の果てに
悪霊
心の果てに
汚れ豚（全員で云フ）

みな自暴自棄に互いに写真を撮りあっているので
リーダー・指導者然とした男の言うことなど誰も聞かなかった

悲痛な表情で
愁嘆な口調で
心の果てに
はっさく
98
wakayama

土間のブチャラン

土間のブチャラン
政治のブチャラン
滝滝滝滝滝滝滝

土間にたどり着いて水を吹いている
純粋な水は
僕の脳で濾過されて噴出している
詩の言葉は権力という漫才の太夫の言葉？
それとも才蔵の言葉？

僕の言葉はもうなんの意味もない水だ
誰も認めない水。しかしこの世に不幸と不正、貧苦と絶望、腐敗と悪徳がある限り絶対に湧いて停まらぬ言葉だぜ。

俺は歩いた。そしてここで倒れ、ここに埋まった。
そして生首となって薄暗い中空に浮いて水を吐いてます。
こんにちはもいいません
年賀状も出しません
足を洗ってもいい
大根を洗ってもいい
俺の水を見よ
水を見よ
見よ、俺のこの水
この水の俺

悲しいから人間のような顔をする
悲しいから俺の目にあなたがうつっているのだ

わはは。もっと繰り延べてくだくだしく説明を致しましょう。

俺の首が空中に浮いていて
脳が中空糸膜式のフィルターとなって
汚水を濾過
口から水を吹いているのである。

俺のようになったものが周囲にたくさんいる気配
みんな傷つき倒れた心の失敗者だ
政治の破産者だ
俺たちの水に庶民は気がつかぬ
知識人はもっと気がつかんがな
最近は、言葉ももうないしね
どちらの言葉も
橋となって
そいで
落ちた
電車が折れる

こんにちはも
いいません

古池や　刹那的だな　水の音、が

と思って振り返ったらエメロン

古池や
きょうびの少女が、暴れ暴れてエメロンシャンプーを手に微笑んでいる
おっどろいたよ

一瞬、荒木経惟の写真かなあ、と思ったけれども違う。
現実の世界できょうびの少女が古池で暴れているのだものなあ。エメロンを手に。
驚いた。

と、俺が驚く度に頭上で回転するのはシャッポウ
見学者に取り巻かれて困るけど
ここまでにするのには金がかかった。

6百万くらいね、かか、あっ。
と、また驚いて回るシャッポウ

古池や
各ほうめんに
鼻薬、を利かせて青春

この辺は銃撃戦が盛んだからな
やっやっやっやっ、っとこう弾をかわして
あ。

古池や
弾をかわして
水の音、がきこえている。みんな平和に暮らせばいいのになあ
こころが昏迷・昏妄の世界でくさっていくわ。
校閲の一に1とくけど昏迷・昏妄というのは造語だよ
いちいち用語OK?とか云わないで下さい

云うときは愛を忘れずにね。

崑崙で男娼をしていた頃が懐かしい。


「さおだけー。さおだけー」

と棹だけ売りが通りかかる。おとこ訝りて、
おかしいなあ。こんな戦場で棹だけなんて売れるのかなあ。ちょっと訊いてみよう。

「もし、もし」

「さおだけー。さおだけー」

「もし、棹だけ屋さん」

「なに?」

「ちょっと訊きたいんだけど」

「やだね」

「ホワイ?」

「君は僕が、なにを?と云うことを予め知りながら、ちょっと訊きたいんだけど、といったに違いなく、そのような、緊張感のない質問に僕は答えられないよ」

「手厳しいことを」

ほんとうに死んでいない君に僕らの痛苦は分からない。迷妄さ。我執さ。すべては古池のなかから顕現するんだぜ。
といってしみじみ古池を見るときょうびの少女が誤って混入したエメロンでせっかくの古池が泡だらけだ。

みっともない古池だなあ。見苦しい古池。

古池や
南無なにもかも
泡だらけ、
であった。であった。であった。であった。と四回も云ってから俺、入水。

萬榮堂
さくら餅
萬榮堂
古池や
南無なにもかも
泡だらけ、
萬榮堂

惨たる鶴や

a

午後八時頃。

僕の家は三階建て軽量鉄骨アパートの一階なのだけれども、居間というかテレビジョン受像器とソファが置いてあって夕食後、団欒、ってほどのこともない、まあ火酒かなんかを飲みつつ、南京豆かなんかを囓りつつ、テレビ映画を見たりする板敷きの六畳間があって、その部屋の窓の外はベランダ、ってほどのこともない間口十メートル奥行一メートルくらいな、混凝土のざつ風景な、まあ、物干しいいかげんな植木などを置くスペースだね、があるんだけどそのベランダの向こう側を夜毎、１０１のオクサンが嬰児を抱いてものすごいスピードで走り回る、それも大声を上げてのことだからうるさくってしゃあない、みんなもうるさいと云っているので僕が代表して注意をしようと、ベランダに出てとりあえず女の頭を指叉で殴ろうと思って振り回したのだけれども、女は素早い、指叉の下をかいくぐって走って逃げた。

b

ベランダの向こうは養木場。

松が植林してあって全国から庭道楽の人が松を買いに来る。

この松林に残飯を棄てる者があって、その残飯目当てに鶴が松の根本に群がって見苦しいことこのうえなく、びゅん、と走った黒い陰に、また鶴が行く、と苦々しい思いで見ると、101の旦那さんが長刀を持って立っている。

c

はっはーん、と勘づいて、ベランダから身を乗り出して走り去ったオクサンの後ろ姿をみるといわんこっちゃない、養木場の旦那さんの姿をちらちら気にしているつまりオクサンは旦那さんに見張られて走れと云われているのであり、この際、オクサンに注意をするのではなく、旦那さんに云わなくては駄目だ、ということに気がついた僕は、指叉を持ってほくほくの土を踏んで旦那さんに近づいていった。

d

うるせえ馬鹿野郎。あいつのせいで俺は出世ができぬ。それがむかつくからこうして走らせて俺は溜飲を下げているのだ。ほっといて貰おう。とりつく島もない101の旦那さんになおも、そら俺は知らんがとにかくうるさくてみんな迷惑をしているのだ。いうかいわぬかのうちに、僕は向こう臑をざっくり斬られ、土の上に転がった。迫り来る刃。万事休す。

e

と、観念をしたところへばたばたばた。なにか白いものが飛来、101の旦那さんに飛びかかり、うわっうわっくんなくんな、と叫び追い回されている101の旦那さんの頭を、ぐわん、僕、指叉で殴った。旦那さんはもんどりうって倒れ、しかし倒れる拍子に振り回した長刀で白いものの首が飛んだ。けーん。悲しく一声啼いて息絶えた白いものは果たして鶴であった。鶴は僕の命を救った。あたりを青白い月光が照らしていた。101のオクサンは、おんおん泣きながらまだ走っている。僕は、ベランダの塀を乗り越え自室に戻って暫く黙想したる後、スモークチーズをへし折って皿の上に並べた。ウヰスキーを飲もうと思ったからである。

明日は週末だ。喇叭の稽古をしておこう。と僕は呟いて放屁。

万事休す。

迫り来る刃

9

カネから未来

カネから未来を逆算するなんて馬鹿げすぎてるってあいつ云ってたっけ
国中に風が吹いてみんな狂ってってたあいつらの腰の揉み方。そいつがムカつくんだ

お兄さんマッサージいかがと女性に取り囲まれちょっと最近疲れ気味だしマッサージい
こうと思ったんだけど俺かろやかに飛翔してマッサージなんて行ったことないというの
は嘘かろやかに飛翔していると自分だけで思いこんでいてその実どぶのなかを這いずり
回っていたから実際は凄く疲れていたのだだからマッサージ行くでもあいつら全然やる
気ねぇぜただいい加減に腰揉んで足揉んで背中のうえ歩いてやる気のなさがありありと
伝わってくるむかつくぜ国中に狂風が吹き荒れていた

俺にはひとつだけ大切なモノがあったでもそれ風に吹かれどこかへ飛んでった
でもそれ風にやられどこかへ消えてった俺らの心のなかに卑怯が芽生えた

いちいちやってらんねぇぜ黙ってようぜと俺らは恥を共有して五十数年間いろいろな物
事を腐敗するに任せて放置してきたぜ俺らはへっもうどうにもならねぇぜなんて諦めて
自棄になっておそれかしこむ気持ちがもうねぇもうない初めてスポーツドリンクを飲ん
だときの気持ちももう忘れてしまったあパンくお

腐っていくものそれが大事なんだ砕けていくものそれが大事なんだ
毀れていくものそれが大事なんだカラスが風のなかをどこまでも真っ直ぐに

タクシーのなかから空を見て夕焼けキレーだったからあなたに電話する夕焼けキレーだ
からバルコンに出て見て見て見てつって絶対電話するだから待ってろよつってもう三日
もタクシーに乗り続けているずっと雨なんだ

貧しい人たちがコンビニの駐車場で苦しそうに呻いてた悲しそうに呻いてた
ぜんぜんカネがなくて飯が買えないんだいつでも笑いあって生きていたいのにね

むごい世の中だよねー路傍に苦しんでいる人を見ても誰も助けない声すらかけないって

のはー他に対する徹底的な無関心ってのはほんとむごいよねつってそういう俺だって声
かけないんだなぜだろう俺にはハートがないのだろうかむかし俺らハートがリボン行き
がけチキン蕎麦って歌を作ったことあるけどね俺いまでこそこうして麦踏み屋やってっ
けど前は歌手だったんだ寒いねガラスが入る前の八十六階は下の音って結構上まで聞こ
えるよねちり紙交換の音焼き芋屋の音貧しい人たちの嗚咽号泣カラスで空が真っ黒だね
寒いね
カネから未来を逆算するなんて馬鹿げすぎてるってあいつ云ってたっけ
国中に風が吹いてみんな狂ってったあいつらの腰の揉み方。そいつがムカつくんだ

人民の棘皮

あとのことはあの世でと爽やかな顔で言って歩きだしたその歩くさまがチキチータ
という感じそいで
そのチキチータというのは俺が歩いている音
ではない歩いている感じが歩いている形が音と言葉の中間的なものとしてその現場に漂
っている発散されている醸散されているその様態と状況の混淆物であるチキチー。タ。
言葉で表現するとふざけて半分腐ったような鶏が羽根を半ひろげにして尻を突きだして
パーティー会場で半知りの人から逃れて他よりもずいぶんと短い羽根を羽ばたかせて餡
をついばんでいるようなそんなさまチキ。チータ。
そんな惨めなさまで歩いているその様子がいかにもチキチータっていう感じであかんや
ったその根本の煉姫
という名物料理を出す店が歩道の両脇にたくさん並んでいて各店工夫をして

というのは料理の工夫もさることながら各店
広告宣伝ということを非常に重要視
空疎な文言を店頭に張りだして
でもその文言ちゅやしかし本当に空疎で
ある店は煉姫の本当の根本の肉しか使用していませんといい
ある店は煉姫の本当の根本のそのまた根本の肉しか使用していませんといい
ある店は煉姫の本当の根本のそのまた根本のそのまた根本の肉しか使用していませんと
いうのだけれどもチキチータ

ばかなことをいったらいかんそも根本の煉姫自体がそんなにたくさんあるものではなく
その根本の煉姫の根元の肉の芯の芯の芯といったらわずか数匁かそんなだから当然煉姫
の味がするはずがなく
というかチキチータ知っているこのあたりの名物店が根本の煉姫といっている
その肉の正体はここから北方に九十露里走ったところで採れる棘皮動物の皮で
地元ではあんなきびの悪いものは誰も食わぬから芥として捨てていたのをチキチータ
煉姫の根本肉と偽って売っているのだわるいやつだチキチータ

といって売る奴もわるいがそんなものを喜んで食う奴もあほだ
一週六日を真面目に働いて
休日喜んで押し出てきて高銭を払って
棘皮動物の皮をうまうま食っている奴ら
そんな奴らに同情をしなければならぬのか

「軍神の歌」と「自分を神として頌える歌」が同時に流れている「軍神の歌」は六十年前から「自分を神として頌える歌」は三年前から流行し続けている歌で拍子も和声も旋律もまったく異なるその二曲を最大音量で流すものだからなにがなんだかわからなく頭ががんがんする馬鹿なことをするものだ!

奴らに同情する必要はチキチ断じてないータ
現にいまだってそうだ歩道は狭く狭いうえにそうして
名物店舗が設置した看板やもやしや棘皮の入ったビニール袋など
歩道に乱置してなお狭い
だから自分たちは自分と自分以外の人との距離と歩度の調整をはかりながら歩かなければならない

それは人間の行為それが人間の行為
しかるにこの騙されているあほのひとども手をつないで
ときに名物料理店の空疎な看板を読みあげたり
店の中をのぞき込んだり
「軍神の歌」もしくは「自分を神として頌える歌」の歌詞の一節を口誦したりして愉快
に漫歩をしているのだ

たとえわたしが桶でも
わたしは水や湯を入れる容器になどなり果てない
たとえわたしが蕎麦でも
わたしは蒸籠には盛られない
いかなる状態にあっても
いかなる状況にあっても
わたしは在りてあるもの
社会のキュートなベイビー
みながわたしを頌え
みながわたしをちやほやすることは自明

わたしはそのことを決然と歌い
そのことを否定するものとは断固たたかう
迷彩柄の服を着て
心の銃を乱射する
心の銃を乱射する
心の銃を
乱射する

チキチータという魂の在り方と真ァ逆の状態で在りてあるひとども
背後で次々と爆死して職業にまみれたチキチータいることなど
まるで気にとめぬのであった
俺もチキチータもうすぐ爆死
でも
ちょっとだけじぶんの歌っている歌が矛盾していることに気がついてせめて「イマジン」を歌ってその「イマジン」は何語で歌われるべきなのかもわからんし誰がどんな顔をして歌ったらよいのか釈然としないけどまあ腑に落ちぬけどでも母語で歌ってみようという程度の迷妄と錯乱のレベルまでにはいたってそれから棘皮の皮を食って欲しいな

あという気持はもうぜんぜんヒロイックな気持でもなんでもなく、ほんとうに祈りのような心の底からの無私な願いとしてチキチータながら思って

まきぞえのようなことをちょっとやってやろうかなと
ちょっとそういうことをやってから爆死しようかなとちょっと思って前へまわって
いままさに爆発せんとしたそのときに前からやって来たのはビジン

夏服で気が狂っていた
寒いのに一生懸命生きてきたのに夏服で気が狂ってる
棘皮屋の残飯
白いビニール袋から手摑みで食いながら
裸足の外股あたりを睥睨しながら

袋から棘皮の残飯
貂蟬美姫口顔叫融短毛業秘快促郎脳低豪王肉掃豆遠敗梅焼鯖ガタロ平目デリ香具喜腹無
精各種地元屁ポンチ権尼読売渋珍飯代官泥白子清ミル貝植木破飯酒桶腐暴飲宅族鬼屯飯
久米仙エビ豚仮牛伽罵助屯といった飯文字を爆死しようとしていたチキチータの顔面に

投げつけたのであった
飯文字のぬめりがとれて目を開けると
あほは棘皮屋に入り
俺の前にはチキチータまっすぐに続く誰もいない歩道荒野のような歩廊俺の右には眼鏡をかけた乞食が人目を気にしながら、はっ誰もおめぇなんかみてねぇよ、なのに自分のスタイルを気にしつつでも実にもったいないという風情で不恰好ながに股で路上に散らばった残飯文字を拾い集めている手の汚れを気にしつつスーツのいたみも気にしつつ

狂女の脇で下郎、不明な経をおがる
不細工なチキチータも佇立して唱和
音楽三曲になりでもどれも満足な音楽ではなかったではなかったではなかったではなかったという音のリフレーンがだんだん大きくなり轟音になってなにをいっても聞こえないなにを誰が喋っても

ちょっとだけ兼ね萬に行ってくる
中華料理で舞え
まえばしライトアップ実行委員会
前橋街づくり協議会

眼ギョク

音頭とって目ぇが潰れる
目ぇが潰れて米が売れ残る
井戸に満ちる怨磋のボイセズ
腕はじけ飛んでかけまくもゆゆしき
音量の調子が悪いなあ
別の義士が箱詰めになって売り鮨
ナイチンゲールがええ藝をしてるのに
猿が聴かぬのであった

躍動

肉を受けた猿が尻に手拭いを挟んで飛んでいく
ピレネーを越えて果無山脈を越えて
どこまでいくんじゃ、ぼけ

遣隋使

紺屋で円が全滅する
喉ぼらけ寂寞の吐息
トルエン吸って全滅のマナ

陣羽織着て昭和刀佩いた詩の死骸、地下足袋もはいて

腐った詩、詠むあほ共、死にやがれ
腐った詩、腐っていると知りながら保身するもの、滅びやがれ
なめとったらあかんど神を人を
なめとったらあかんど犬を花を
なめとったらあかんど車海老のパスタ
天麩羅粉を浴びてまいまいこんこん
地下足袋はいてまいまいこんこん
おれはかならずおどれをしばく
おれはかならずおどれをしばく

しかあらへぬ

ポンカンの表皮を蜘蛛が這う
国の植林、粗悪の桐
簞笥にもならない
こけしにもならない
家の建たぬ空の見えぬ流し雛の白い国柄
働き奴の手にポンカン、色わろし

急流すべり

俺らってモダーンだよね
俺らってモダーンだよね
俺らってモダーンだよね
俺らってモダーンだよねと百度いいました
俺らってルーナティックだよね
俺らってルーナティックだよね
俺らってルーナティックだよね
俺らってルーナティックだよね
俺らってルーナティックだよねと千度いいました
僕らの部屋は広かったです
広いし明るいし牛の皮張った椅子とかそんな感じ民芸のスツールとかに座ってエクスト

ラバージンオリーブオイルがぶのみして
一年で管理職一年で目方百貫
きれいごとの雑誌表紙もつるつるの
そんなつるつるの雑誌でインタビュー取材受けてつるつるの人生ブライトの
それが急激のロマン急激の悲劇
永久凍土で尼がスウィングしている
袈裟きてサンドこしらいている
新聞でスカーフこしらいている
天井からバスルームから床からクローゼットから
一気急激呵成に水が噴出したのです
僕らの水道は弱かった
ぼろぼろに腐食していた
日本軍が敷設してから一度も修理してなかった
しらんやった
破れ目は次第に大きくなり激流濁流となって僕らを押し流した
僕らは、おおおお、といった
でも僕は恥ずかしかった

自分らだけが大変なことだと思って大騒ぎをしていたが大多数の人にとってそんなこと
はどうでもいいことたいしたことではないということがわかったから
町は乾いていました
それどころか町のそこここに鶴がたたずんでいた
鶴は黒白だんだらにふざけてフライドチキン店に入り込んだり泳いだり好き放題してい
る
鶴の保護なんてほどほどにしてほしい
おかげで僕らは鶴と鶴の間を身をよじるようにして歩かなければならないのです
為政者はそんな僕らの労苦を知っているのか
知らないに決まってる
僕は腐った街路樹の下に座り込んで自我流の反体制歌を歌いました
その歌の文句は
湯茶を飲むな／弁道の日暮／酒精を飲むな／淫虐の湯暮／鰤と竹麦魚の乱婚を／政府は
なぜ放置するのか／エンプラ帰れ／粉砕殲滅／すべてのあらゆる飲料を／君の魂から放
逐せよ／
といった文句でした
夢中で歌っていると、「もし。もし」と声をかけるものがあった

労務者でした
労務者は僕に、「くだらぬ歌を歌って自分をごまかしているのではないよ。世の中には本当に戦っている人もいるんだよ。ここにいくといいよ」といってチラシをくれました
僕と労務者の間にいた鶴が、なになになに?と首をのばしてきた
労務者は鉄扇で鶴の頭を殴りました
鶴は半透明の膜のような目を開いてぴくぴくしたがやがて動かなくなった
鶴死にました
ひどいことを!
なにもしない鶴を殺害するなんてひどいじゃないか。謝れ。無垢清浄な鶴の魂に謝罪しろ!
激昂してぼくはいいつのった
いっていて口唇がふるえた
でも労務者は余裕をかましていて「びしゃびしゃの家で半分溺れているようなあほが人のすることにとやかくいうな」といいました
僕はなにもいえなかった
でも僕にもいくところができた
僕は死んだ鶴のためにも

おっ、おっ、おっ、おっ、おっ、おっ、おっ
期待の声をあげました
はなフルートのようだったその声がやがてフレンチホルンのようになっていった
チラシには「勇者の集い」と書いてありました
店にたくさんの教養のありそうな人がいた
ごちそうが床に乱置してあった
おっ、おっ、おっ、おっ、おっ、おっ、おっ
ホルンがぐんぐんになってまたフルートからオーボエになっていったりした
正面の舞台につる禿の男が鼻に紙筒を乗せ
おごっ、おごっ、おごっ、おごっ
不分明なことをいって首を曲げバランスを取っている
わけというものがまったくわからない
皆目見当がつかない
僕はとなりに立ち麦チョコを食べていた女に、これはなんなのか、と聞きました
女は、「文盲詩人が自殺詩を朗読しているのだ」といいました
ますますわからないので、これはなんの集まりだ、と聞くと女は、「文盲パーティーだ」
といってごちそうを踏んだ

少しばかりわかったような感じがしたけど結局はわからない
わからないままみていると文盲詩人は、おごっ、おごっ、おごっ、おごっ、と音声詩を
朗読しながら包丁で腹を切りました
痛苦と迷妄がみごとな自殺文盲詩となって現出した
いや感服した
カウンターで別の文盲詩人が解体詩を朗読していました
鮪丸事一尾を解体その場で下地をつけて屯食するのです
詩飯の幸福な合一
おっ、おっ、おっ、おっ、おっ、おっ、おっ、おっ、
こころの期待音が今度はオーボエになっていった
こんな風にこころの音が楽音になるのだったらちよつとアカデミック調のテレビ出演オ
ーケー作曲家に作編曲やらせて上演したらどうだろうと考えたら僕という人間ていった
いどうなってるの?その考えが口から垂れ空気に触れた途端、花になりました僕は口か
ら次々と考えの花を吹いた
左翼的なことを考えると紅い花
右翼的なことを考えると白い花
道徳的なことを考えると南洋の毒々しい花が吹き出た

家賃のことを考えると彼岸花が吹き出た
裁判のことを考えると訳の分からない豚みたいな花が吹き出た
面白いからわざと知ってるいろいろなことを考えいろいろな花を吹き出して調子に乗っ
ているとブラボウが聞こえて肩をどやされました
ふりかえると鳥打帽をかぶった労務者がいて、「ブラボウ、次は君の番だ。次は君が文
盲詩を朗読するのだ」といいました
僕は、僕は文盲じゃありませんよ、といって黄色い花を吹いた
店のなかに敵意が満ちるのがわかりました
口から出ていた花が萎れて、それからはいくら吹いても花が出てこず、かわりにわかさ
ぎや酢の物がでてきました
僕は思った
スメミオヤカムイザナギノミコトはこのようにして国を生んだ
その気持ちのなかにはもはや自分の考えがなくなってしまったという悲しみの感情があ
ったんだ
僕はそのことをしゃべりました
それが悪かった
記紀という言葉そのものが俺たち文盲を弾圧しているのを知らんのかっ、誰かが怒鳴っ

て全員がそれに追随して僕は青銅器で肘と膝を砕かれました
指叉で殴られたりもした
文盲詩を朗読するのになんで指叉なんて持ってるの
最初から人を傷つけるのが目的で詩なんてどうでもよかったとしか思えない
僕は店の外に放り出されました
樹木に透ける日光が僕を緑に染めていた
珍毛なバスクリンみたいな緑に
僕は月光に染まりたかったよ
痛みと悲しみにうめいて転がっていると青い毛皮を着た労務者が来て僕を持ちあげ軽トラックの荷台に投げ飛ばしました
頭のなかに三百の青天白日旗がはためいて僕は気を失いました
気がついたら橋の上にいた
軽トラックが橋の上に止まっていたのです
荷台には死んだ鶴が山盛りでした
青い毛皮の労務者はどこかへいってしまった
ぬる燗酒をのんでいるのか
斜めの日が世の中の人間、犬、ぬる燗酒、ポプラ、鱧の皮、注射器、柵、ビキニなんか

にさして世の中が黄金色になっていました
川には大小のおびただしい金精大明神が流れていてこれも金色に輝いていた
世界は夕方はいつもこんな感じだすばらしいなあ
だからこんなことをいいたくなる例えば
おもい荷物を担いでみてもたったひとりの蟬合羽
「なにをいっとるんだ」
太くて重い声するときは須磨の饅頭みがき水
「なにをいっとるんだ」
袂にそっと鶴嘴隠し歩いてみたい安芸の空
「なにをいっとるんだ」
絶叫したよわめいていたよ足に鶴嘴ささってる
酒に酔った青い毛皮の労務者が生きていることが辛いその腹いせに鶴嘴で僕の足を刺したのでした
僕はそんなことは理不尽だと思った
だから抗議をしようと思ったし警察にもいいにいこうと思った
だけどもう痛くて苦しくて口というものがきけない
だから僕、口を、しゃあああっ、と怒った猫みたいにして

ぎゃあああああ、青い毛皮の労務者に叫んでやりましたそしたら
その小癪な感じ人をむかつかそうとしている感じが伝わったのでしょう
「なんかしとんじゃおら」
といって労務者は僕を打擲の挙げ句、なんて強い力なんでしょう、僕を持ちあげて川に
投げ捨てた
いったんは沈んだけどすぐに浮いて僕はゴミみたいに流れました
仰向いて流れました
僕は空と平行に昇天しているような心持ちになった
頭のうえそして左右に金精が流れていました
水がレンズみたいに目のふちをくぎっていました
いつもより流れが急な感じがしました
いつもっていつも流れてるわけじゃないけどなんか急な感じがした
その急な感じが不吉な急調でこれはどうなのかな、と思ってたら
両岸の遠くのほうの地面が盛りあがってみえました
紙がまくれあがるような感じでした
本当の端がどうなってるのかそれはわからないでも
けっこうむこうの地面がまくれあがってきて自動車や酢の物、芸者や犬、ぽん引きやア

ーチェリー、辞書や苗木が転がり落ちてきました
盛りあがりがだんだんひどくなって両岸の地面がめちゃくちゃに高い土手みたいに垂直
に立ちました
僕は空のうえの本当の端はもう合わさってるのかもしれないとおもいました
いろいろのものが滝みたいに川に落ちてきました
川はそれでも流れておばあさんや鶴、蛤も流れ、その他雑木や自転車、得体の知れぬコ
ンクリートの固まりもどんどん流れていく垂直に立った両岸はもはや本当の滝で森羅万
象、水もどうどうと落ちてそれがみんな川に流れ込んでくるからいやまして流れが速く
なって、いったいどこまで流れるのだと思ったら突如として僕ら一切のものはものすご
く広くて黒い虚空に放り出されてちりぢりになってくるくる落ちていった首を起こして
来た方を見ると暗黒のなかに巨きなおっさんの首がうかんでいてなにかをぶつぶついっ
てますだけどなにをいっているのかわからずそのうちそれもみえなくなってただのやみ

解説・エッセイ・年譜

解説

よく知られているものはなにもない

荒川洋治

町田康の詩のことばには、他の人には見られない、いくつかの特徴があり、それが作品そのものと深い関係にあるように思う。

はは。あれではやれんよ。陽がさんさんと照っている。やれんよ。はは。
（「やれんよ」）

こういう、つぶやきのようなことばにでくわすたびに、ぼくは立ちくらみ、きゃっきゃっと、よろこんでしまう。一種の名調子と呼ぶべきものかもしれない。「あれではやれんよ」とはいうものの、「はは」が、前後左右に添えられると、ことばの指示範囲がひろがる。あたり一面、明るくなる。

背後に光りを感じる。うふっ。こうしているうちにも飯はどんどん腐っていっている。鯖の皮に埃が積もっていくのだ。アパートメントの一室が二百メートルもせりあがり直径一キロの円を描いて旋回するのだ。こわいよ。

（「模様」）

この「うふっ」も不思議。よろこんでいるのか、かなしんでいるのか。「うふっ」がわからないと、それに続くところの「こうしているうちにも」の「こうして」が、どんなことを指すのかもわからないことになる。最後の「こわいよ」も同じこと。調子をとることば。かくれが。てれかくし。真剣。まやかし。あいまい。ほんとにこわい。いずれともとれるが、はっきりしているのは、そこに詩があることだ。ことばと、ことばを出す人間の姿そのものが輝く。

みっともない古池だなあ。見苦しい古池。

古池や
南無なにもかも

泡だらけ、
であった。であった。であった。であった。と四回も云ってから俺、入水。
（「古池や　刹那的だな　水の音、が」）

町田康の詩は、最近の、ごく新しい時期のものほど、引力があるが、この作品もその一つ。

「みっともない」は、ともかくはためにみっともないということだろうが、それをあらためて「見苦しい」ということばで引き継ぐとなれば、話はちがってくる。「見苦しい」は「みっともない」の比較級でも最上級でも言い換えでも強調でもない。別のものだ。「見苦しい」ということばで、事態を抑え直したとき、世界は変わる。この変化。内部をかすめも通りもしないほどの、すばやい変化。「であった」の四回も、同じことばの連続だが、連続という変化なのだ。

町田康のことばには、対応関係の乱れがあると思う。「二人の少女」は、

森のはずれの塔の上下に二人の少女が住んでいる。悲惨な少女と幸福な少女である。

という設定ではじまるが、「悲惨な」と「幸福な」は一見反対語のようでありながら、

そうでもない感じもする。いつもいつもながらよくこんなことばが出るなあと思う。このことばの奇妙なかかわりが、以下の物語を輝かせる。

彼のことばは、ひとつ生まれるたびに、この世界のなかに、ことばがひとつ出た分だけなにかを加えていくのである。それなのに、ことばが、ことばと、まじわらない空気があるすぐにまじわったり、安易に溶け合うと、世界は、ひとつか、ふたつのものになってしまうので、ことば同士が過度になじまないことはたいせつなのだ。そんな方向が、その詩にはある。こってり書かれるのに、さっぱりした感じがする。涼しい風の吹きどころがある。

人は、いくつかのことばを現実には口にしないまま、生きていく。のみこんで過ごしていく。それらすべてとかかわっていたら、始末におえないからだ。

ところが町田康の詩は、どんなときにも心のなかのことばをあまさず取り出してみる。自分の内部だけではなく、まわりにあるものを、すべてことばにしようというふうに、彼は動いていく。そのために彼は、自分自身というまとまりからも離れていくかっこうになる。なぜなら、人はすべての瞬間をことばにしたときに、自分をなくしてしまうからだ。矛盾だらけ。歌だらけ。詩だらけ。よく知られているようなものは、そこには、なにもない。それはいいことだ。そこが、人が生きている場所だから。

すべてをことばにしていくことは、人間を表現することにおいてはとてもフェアなことだ。ことばがまちがっている、変だ、と思わせることよりも、かりにもそのことばが、人目についているほうが、人のためにはいい。フェアである。

これは普通に生きる人の感覚からは異常なものに見えるかもしれない。「悲惨な」と「幸福な」が、はっきりした関係をもたずに、いわば関係を空白にしたまま、出てくるのだから。

すなおに出すと、ことばはいつもこんなふうになる。「僕の言葉はもうなんの意味もない水だ」(「土間のブチャラン」)は、彼のことばの「自己表現」かもしれない。

ことばにしていくということは、騒々しいことだ。町田康の詩は騒々しい。ところが終始ことばにしていくことは、終始沈黙することと、とても似ているのである。表面的にも内面的にも。「なんの意味もない水だ」というのは、ことばがあることと、ことばがないことがつくりあっているものなのだ、と思う。この、ことばについて、まわりまわった果てのところに、町田康の詩がある。なにかをしたような、なにもしないような顔をして、ある。

腐っていくものそれが大事なんだ砕けていくものそれが大事なんだ
毀れていくものそれが大事なんだカラスが風のなかをどこまでも真っ直ぐに
(「カネから未来」)

美しいと思う。詩である、と思う。このカラスのように、風のように、なにものともつながらない、真っ直ぐな詩が町田康からこのかんずっと生まれてきた。詩にもならずに、もう少しこのままでいてほしい。そんなふうに感じさせることばだ。これからもそのことばがつづく。いっそう新しいものになる。

（あらかわ・ようじ／現代詩作家）

エッセイ

アナアキターナ

ねじめ正一

町田康（町田町蔵）の名前を初めて聞いたのはいつかは定かではないが、名前を教えてくれたのはK子であって、ねじめ民芸店で五年ほど働いた女であって、痩せぎすながらいい女であって、町田康の大ファンであって、夜毎阿佐ヶ谷の町田康事務所をストーカーのようにうろうろして、そのうろうろぶりをねじめ民芸店がヒマなおりに店長の私に報告して、おいおいと心配させたものだが、町田康なる人物がこういうK子に惚れられる傾向と対策にあるというのはスゴイスゴイと思っていたものだが、そのK子の過激な惚れぶりはどんどんエスカレートして、頭おかしくなって、頭が涼しくなって、頭こんがらかって、ねじめ民芸店をやめると、どこか旅に出てゆき、旅先の長崎で放送マンと知り合ったとたんに長崎市内で同棲して、突然に放送マンと東京に舞い戻ってきて、放送マンの彼も仕事をやめて、二人で考古学の地質検査なる仕事について、あっちの土、こっちの土を研究しているうちにやっぱり阿佐ヶ谷で暮らしたいとねじめ民芸店の近くのアパートに引っ越してきて、一週間に二日だけねじめ民芸店でアルバイトさせてくださいと言うので、それならいいよとOKしたのだが、以前からの町田康への思いは変わらなくて、いや、変わらないどころか、どんどん偏愛、どんどん偏愛、どんどん偏愛三重奏は、ねじめ店長の詩も変態だけど、町田康の詩はもっと変態で、ねじめ店長の詩は顔が浮かんでこないけど、町田康の詩は悲惨であっても残酷であってもプロレタリアートであっても町田康の美しい顔が浮かんでくるし、ねじめ店長の詩はアンリーミショーのモダニズムの匂いがしたりするけど、町田康の詩は鉄砲光三郎の若かりしころの残虐極まる河内音頭の匂いがするし、ねじめ店長の詩は精液があふれ出ているけど、町田康の詩は血があふれ出ているし、ねじめ店長の詩は地に足のついていないアナーキーだけど、町田康の詩は血に足がべったりついているアナアキターナだとのたまわっているうちに町田康が作家としても、詩人としても、世の中に出てきて、偶然にも私とテレビ番組で対談することになって、その旨をK子に伝えると、K子はすごいすごい！　これで店長さんのこと認めてあげるわと喜んだ次の日、町田康のCDや本や写真などをどっさり抱えて、ねじめ民芸店にやってきて、これぜんぶにサインしてほしいと啜り泣くように、すがりつくように、しゃぶりつくような目つきで頼まれ、一ヵ月後にK子に頼まれたCDや本や写真などを持って、録画場所の浅草吉原に出かけると、サングラスをかけた町田康が颯爽と登場するやいなや、カバンの中のCD、本、写真などを取り出して、サインをお願いして、いざいざ、気持ちを切り替えて、町田康なる人物をしげしげながめると、ステージの匂いがぷんぷんして、ステージで鍛え上げられた馬力があって、野蛮さもあって、へんなことを言うと、一戦交えることにもなりそうだなあと思っているうちに番組の収録がはじまるのだが、意外や意外、町田康の喋りは穏やかで、言葉を押さえ込むように一語一語ていねいに送り出してきて、町田康は野球をやるようにロックしてきたし、町田康は原則を決めるとそれを徹底的にやってきたにちがいないし、町田康は自分の精神を醜悪だと思っているにちがいないし、町田康は文学をどれだけガス抜きができるかを考えているし、町田康は身体的でなければならないと思っているにちがいないと、さまざま思いがよぎっていく瞬間に町田康は「ねじめさんもかってバンドをおやりになっていたというので、よくわかると思うんですけど、ロックンロールってあるでしょう。あれは定型的な音楽なんですよね。だいたい構成が決まっていて、ロックン、やるなんて、やるんですけど、やると、すごく難しんですよ。〃っぽく〃はできるんですよ。だけど、よっぽど気合いを入れないと難しい。リズムはまず最初、みんなだらだらいい加減にやるんですよ。ぺっぺぺっぺぺって言って。ダサーって言って、やめちゃうんですけど、普通は。それをしつこくやっていると、磨きがかかってきて、おお、すげぇってなる瞬間が、よっぽど斬新なことをやろうと思ってやるより、すごい瞬間が時々あるんですけど。それで、ああ、そうかって、お話を伺って思ったのは、たとえば現代詩の言語があって、みんなそこで、ばーっとやって抜け出ることができないって言って、じゃあ、そこで、全然何も知らないような人を連れてきて、言ってみろって言っても仕方がない。これは子どものやるのには勝てませんし、ただ、それじゃ、できないんですよね。もたないし、一回はできるけど、続かないし。それは徹底的にそのことをやった人でないと、突き抜けるということは、できないなと思いますね」と言うので、それは身体に観念をおいかぶせるのではなく、身体に過剰な意味合いをつけるのではなく、ただたんに身体で捉えていて、私は瞬間に町田康のこぶうどんという詩が浮かんできて、

あんな、食券買え言うてんねん、食券。そこ、ほら、機械、見えたあるやろ、あかんねん、いきなり入ってきて「こぶうどん」とか言うても。またけったいなおんな入って来やがった。あかん、あかん。食券買わなあかんの。食券や、食券。わからんか。そこでなんぼ、ぼそぼそ注文してもあかんねんて。入り口にあるやろ……首筋を殴りつけるようにしてやっと、ものの道理のわからぬ横着な馬鹿女を殺した。しかし私は溜飲を下げたわけではない……

こぶうどんがすごいのは女を殺すまでの言葉の持続力であって、ふつうここまで言葉をひっぱることができないのだが、町田康は女を殺すところに言葉のパワーをいっきにこめていて、持続するどころか、殺す場面になると、言葉がぐんぐん上向きになってきて、言葉にも体力があって、言葉が腰砕けになっていなくて、女を殺すところを書くために書いている喜びさえもあって、本気のユーモアさえ感じられるし、ここまで言葉を押す力のあ

る詩人はいないのであって、うかうかしてられない思いになってくるのは私だけではないとか、詩人は本気とプレイの違いがよくわかっているとか、捨て身な詩人は本気とプレイの違いがよくわかっているとか、捨て身な言葉はやさしくも美しくないとか、あれよあれよ町田康にひっぱられているうちに番組収録は終わって、ねじめ民芸店に戻り、待ち構えるK子に町田康のサインの入ったCDや本や写真を渡すと、「店長、私、子どもができちゃったの」と一言残すと、K子はねじめ民芸店の裏口から喜び勇んで出ていってから、もう四年半たったことになるが、K子は一児の母となっても、町田康にはどんどん偏愛、どんどん偏愛、どんどん偏愛……

(ねじめ・しょういち／詩人・作家)

年譜

町田　康略年譜

一九六二（昭和三七）年●

一月十五日、大阪府堺市北三国ヶ丘町三番地に父・義治、母・凱子の長男として生まれる。本名・康。

一九七四（昭和四九）年●十二歳

大阪市立遠里小野小学校卒業。

一九七七（昭和五二）年●十五歳

大阪市立大和川中学校卒業。大阪府立今宮高等学校に入学。

一九七八（昭和五三）年●十六歳

級友の西森武史らとロックバンドを結成、町田町蔵と名乗り、貸しホールやライブハウスで演奏する。

一九七九（昭和五四）年●十七歳

バンド名を「ＩＮＵ」と改め東京ツアーを行う。

一九八〇（昭和五五）年●十八歳

大阪、京都で活動するバンドで資金を出しあってオムニバスアルバム「ドッキリレコード」を製作、プレス枚数は二百枚であった。この間、大阪、京都のライブハウス、学園祭などで毎週のように演奏、評判を呼び、東京でも何度か演奏をする。三月、大阪府立今宮高等学校を卒業。株式会社レストラン西武に入社。日本フォノグラムのスタジオでデモテープを録音する。ジャパンレコードと契約、十二月に池袋社。株式会社レストラン西武退社。ジャパンレコードと契約、十二月に池袋のスタジオでレコーディングをする。

一九八一（昭和五六）年●十九歳

ファーストアルバム「メシ喰うな！」（ジャパンレコード）発表。各地でコンサートを行い、東北ツアーも行うが八月、INU解散。兵庫県尼崎市に転居。

一九八二（昭和五七）年●二十歳

豊中市庄内に転居。田村洋らとロックバンド「FUNA」を結成、大阪、京都、東京のライブハウスで演奏する。石井聰亙監督作品「爆裂都市」（東映セントラル）に出演。十一月、FUNA解散。大阪市平野区に転居。

一九八三（昭和五八）年●二十一歳

オムニバスアルバム「レベルストリート」（ジャパンレコード）に「ボリス・ヴィアンの憤り」で参加。ロックバンド「JAGATARA」の「家族百景」にゲスト参加。

一九八四（昭和五九）年●二十二歳

デモテープを製作するため一週間の予定で上京するも製作が長びき、ついにはバンド「人民オリンピックショウ」を結成することになったため板橋区成増に部屋を借りる。都内のライブハウスや大学で演奏。

一九八六（昭和六一）年●二十四歳

カセットブック「どてらい奴ら」（JICC）発表。

一九八七（昭和六二）年●二十五歳
山本政志監督作品「ロビンソンの庭」（レイライン）に出演。ミニアルバム「ほな、どないせぇゆうね」（キャプテン）発表。人民オリンピックショウ解散。

一九八八（昭和六三）年●二十六歳
練馬区関町に転居。以降、三年間、表だった活動を休止する。

一九九一（平成三）年●二十九歳
小山耕太郎らと「町田町蔵＋北澤組」結成。各地で演奏。山本政志監督作品「熊楠」に南方熊楠役で出演（制作中断中）。

一九九二（平成四）年●三十歳
処女詩集『供花』（思潮社）刊行。アルバム「腹ふり」（徳間ジャパン）発表。

一九九三（平成五）年●三十一歳
国分寺市南町に転居。詩集『壊色』（リトルモア）刊行。オムニバスアルバム「Dance2Noise005〜006」（ビクター）に「タンゴ」「ぶらり信兵衛道場破り」で参加。

一九九四（平成六）年●三十二歳
アルバム「駐車場のヨハネ」（ビクター）発表。国分寺市光町に転居。

一九九五（平成七）年●三十三歳
北澤組解散。本名の町田 康に改名。恒松正敏らと「町田 康＋ザ・グローリー」結成。アルバム「どうにかなる」（ビクター）発表。若松孝二監督作品「エンドレス・ワルツ」（松竹）に出演。

一九九六（平成八）年●三十四歳
ザ・グローリー解散。北澤組再結成。小説

「くっすん大黒」「河原のアパラ」を「文學界」に発表。

一九九七（平成九）年●三十五歳
アルバム「脳内シャッフル革命」（ビクター）を発表。北澤組解散。小説集『くっすん大黒』（文藝春秋）刊行、第七回Ｂｕｎｋａｍｕｒａドゥ マゴ文学賞、第十九回野間文芸新人賞を受ける。小説「夫婦茶碗」を「新潮」に発表。

一九九八（平成一〇）年●三十六歳
小説「人間の屑」を「新潮」に発表。小説集『夫婦茶碗』（新潮社）を刊行。エッセー集『へらへらぼっちゃん』（講談社）を刊行。小説「けものがれ、俺らの猿と」を「文學界」に発表。

一九九九（平成一一）年●三十七歳
「屈辱ポンチ」を「文學界」に発表。港区六本木に転居。小説集『屈辱ポンチ』（文藝春秋）を刊行。エッセー集『つるつるの壺』（講談社）を刊行。写真小説『俺、南進して。』（共著荒木経惟、新潮社）を刊行。小説「矢細君のストーン」を「群像」に発表。国立劇場で上演の新作浪曲「竹鼻屋徳次郎の蹉跌」を書き下ろす。

二〇〇〇（平成一二）年●三十八歳
エッセー集『耳そぎ饅頭』（マガジンハウス）刊行。小説「きれぎれ」を「文學界」に発表。「きれぎれ」で第百二十三回芥川賞を受ける。小説集『きれぎれ』（文藝春秋）を刊行。小説集『実録・外道の条件』（メディアファクトリー）刊行。『日本のこころ「私の好きな人」天の巻』（講談社）に「楠木正成」を書き下ろす。小説「工夫の減さん」を「新潮」に発表。小説「宿屋めぐり」を「群像」に発表。

二〇〇一（平成十三）年●三十九歳

ロックバンド「ミラクルヤング」結成。各地でコンサートを行う。小説「犬死」を「文學界」に発表。小説「権現の踊り子」を「群像」に発表。『町田康全歌詩集1977～1997』（マガジンハウス）刊行。詩集『土間の四十八滝』（メディアファクトリー）刊行。詩集『土間の四十八滝』で第九回萩原朔太郎賞を受ける。対談集『人生を救え！』（共著いしいしんじ、毎日新聞社）刊行。小説「どぶさらえ」を「文學界」に発表。小説「ただ洩れ」を「群像」に発表。詩「人民の鯨皮」を「新潮」に発表。

二〇〇二（平成一四）年●四十歳

「権現の踊り子」で第二十八回川端康成賞を受ける。宿屋めぐり3「菰と珍太」を「群像」に発表。写真小説集『爆発道祖神』（角川書店）を刊行。エッセー集『テースト・オブ・苦虫』（中央公論新社）を刊行。シングル「心のユニット」（エピック）を発表。小説「ふくみ笑いb／wあぱぱの肉揉」を「群像」に発表。

二〇〇三（平成一五）年●四十一歳

三月、小説集『権現の踊り子』（講談社）刊行。

（町田康記）

＊『芥川賞全集第十九巻』（文藝春秋刊）より転載、一部加筆しました。

所収詩集・所収誌一覧

1
『供花』（思潮社　一九九二年一月・新潮文庫　二〇〇一年九月）
不義は頭脳を／プラチナの釈尊／倖いである／四国西国／どれい鍋でも／愛染かつら／先生の印象／コマーシャル／飯をもらう／スラムに雑草／せむしとビール

2
『供花』（思潮社　一九九二年一月・新潮文庫　二〇〇一年九月）
撰別される／結婚式／会話／いつものやりくち／雨の笑顔／鈍人 days／リサイクル運動／おなじみの新巻鮭／霧の日々／消毒／一品料理

3
『供花』（思潮社　一九九二年一月・新潮文庫　二〇〇一年九月）
湯／不具の心／うどん妻／働き続けよ／人非人のコーラス／昼の音楽／納税通知／人非人から銭ぬすむ／俺は祈った

4
『供花』（思潮社　一九九二年一月・新潮文庫　二〇〇一年九月）
家中みんな馬鹿なのか？／緑青・肉汁／五寸の鯖／あと二合／あわてふためいた／陽気な奴／もう何も言うな／どろだらけ／発熱／カラオケボックス／雪の哄笑
『供花』（新潮文庫　二〇〇一年九月）
面桶問答歌

5
『供花』（新潮文庫　二〇〇一年九月）

蒸しかぼちゃ／ロシア風野菜煮／鮭とけんちん汁／ポテトサラダ／じゃが芋と人参の素揚げ肉みそがけ／ゆば饅頭くずあんかけ／豚汁と山海煮／片腹痛いわ

6
『壊色』（リトルモア　一九九三年七月・ハルキ文庫　一九九八年八月）
無職業の夕／「天丼、ゆうてるやろ」／グライダー／人非人のコーラス／おぼろ昆布／すぶやん／浮浪人にマルティーニ／砂漠／アホの踊り出／二人の呪師とフリッカ／ローソン市で乞食／「馬鹿、元気を出せ」／なーんもやっちゃいませんよ／苦行妻／ロビンの盛り塩

7
『壊色』（リトルモア　一九九三年七月・ハルキ文庫　一九九八年八月）

模様／うどん玉・バカンス・うどん／たわごと／野旋行／こぶうどん／包丁・鏡・傘のしゅう／狂犬焜炉／二人の少女／やれんよ

8
『土間の四十八滝』（メディアファクトリー　二〇〇一年七月）
猿ぼんぼん／言わぬが花でしょう／国恥記念日／俺は宿屋／天狗ハム／オッソブーコのおハイソ女郎／女を八尾に捨てた反逆／とてもいい場所に幔幕／くたばれ豚野郎／死にやがれ大うそつき／水のプンク／土間のブチャラン／古池や　刹那的だな　水の音、が／惨たる鶴や

9
「早稲田文学」二〇〇一年三月
カネから未来
「新潮」二〇〇二年一月

人民の棘皮
「en-taxi」二〇〇三年春号
急流すべり
【書き下ろし】
眼ギョク／躍動／遣隋使／陣羽織着て昭和刀佩いた詩の死骸、地下足袋もはいて／しかあらへぬ

※　口絵写真及び本文写真
『町田　康―言葉の生まれる瞬間』（前橋文学館特別企画展　第九回萩原朔太郎賞受賞者展覧会　町田康展図録）

ハルキ文庫

ま 2-2

町《まち》田《だ》康《こう》詩《し》集《しゅう》

著者 町《まち》田《だ》康《こう》

2003年5月18日第一刷発行
2024年1月18日第二刷発行

発行者 角川春樹

発行所 株式会社角川春樹事務所
〒102-0074 東京都千代田区九段南2-1-30 イタリア文化会館

電話 03（3263）5247（編集）
03（3263）5881（営業）

印刷・製本 中央精版印刷株式会社

フォーマット・デザイン 芦澤泰偉
表紙イラストレーション 門坂 流

ISBN4-7584-3042-X C0195
http://www.kadokawaharuki.co.jp/［営業］
fanmail@kadokawaharuki.co.jp［編集］ ご意見・ご感想をお寄せください。

町田 康の本

土間の四十八滝

〈古池や／きょうびの少女が、暴れ暴れてエメロンシャンプーを手に微笑んでいる／おっどろいたよ／一瞬、荒木経惟の写真かなあ、と思ったけれども違う〉(「古池や利那的だな　水の音、が」より一部引用)——町田康の美しく、危険なことばは、強い引力でもって軽やかに世界を変えていく……。第九回萩原朔太郎賞受賞作、待望の文庫化。未刊詩篇五篇も併録。

(解説・岡井隆)

町田 康の本

正直じゃいけん

〈正直じゃいけん（正直じゃんけん）のルール……負けたものが勝者になる〉――「随筆原稿は小説原稿と違ってなるべく嘘のない方がよろしいはずである／私は正直な気持ちを正直に書いたつもりであるが、そのことによって私は敗北するのだろうか。勝利するのだろうか」（あとがきより）――真理への希求と言葉への愛が炸裂する珠玉のエッセイ集。

（解説・藤野千夜）